Elle était si jolie
de Pierre Szalowski
est le mille trente-quatrième ouvrage
publié chez
VLB ÉDITEUR.

Direction littéraire : Martin Bélanger
Révision linguistique : Raymond Bock
Design de la couverture : David Drummond, www.salamanderhill.com
Photo de l'auteur : Mathieu Rivard

Catalogage avant publication de Bibliothèque et Archives nationales du
Québec et de Bibliothèque et Archives Canada
Szalowski, Pierre
    Elle était si jolie
    (Vol 459)
    ISBN 978-2-89649-488-0
    I. Titre.
PS8637.Z34E44 2014   C843'.6   C2014-941695-4
PS9637.Z34E44 2014

VLB ÉDITEUR
Groupe Ville-Marie Littérature inc.*
Une société de Québecor Média
1010, rue de La Gauchetière Est
Montréal (Québec) H2L 2N5
Tél. : 514 523-7993, poste 4201
Téléc. : 514 282-7530
Courriel : vml@groupevml.com
Vice-président à l'édition : Martin Balthazar

DISTRIBUTEUR :
Les Messageries ADP inc.*
2315, rue de la Province
Longueuil (Québec) J4G 1G4
Tél. : 450 640-1234
Téléc. : 450 674-6237
* filiale du Groupe Sogides inc.,
  filiale de Québecor Média inc.

VLB éditeur bénéficie du soutien de la Société de développement des en-
treprises culturelles du Québec (SODEC) pour son programme d'édition.
Gouvernement du Québec – Programme de crédit d'impôt pour l'édition
de livres – Gestion SODEC.
Nous reconnaissons l'aide financière du gouvernement du Canada par
l'entremise du Fonds du livre du Canada pour nos activités d'édition.
Nous remercions le Conseil des arts du Canada de l'aide accordée à notre
programme de publication.

ELLE ÉTAIT SI JOLIE

DU MÊME AUTEUR

Mais qu'est-ce que tu fais là, tout seul ?, Montréal, Hurtubise, 2012.

Le froid modifie la trajectoire des poissons, Montréal, Hurtubise, 2007.

COLLECTIFS

Des mets et des mots, Montréal, Les Intouchables, 2011.

Des nouvelles du père, Montréal, Québec Amérique, 2014.

Neuf bonnes nouvelles d'ici et une bonne nouvelle d'ailleurs, Montréal, Éditions de la Bagnole, 2014.

Pierre Szalowski

ELLE ÉTAIT SI JOLIE

Vol 459

Roman

vlb éditeur
Une société de Québecor Média

Aux miens,
pour ces trop nombreux moments d'absence
en plein milieu de leur présence.

PROLOGUE

Trois mois plus tôt – Région parisienne

Appuyé sur sa canne, Jean Moreau est entré à petits pas dans la cuisine la bouche grande ouverte, pour prendre de l'air. La veille, son médecin avait dû lui prescrire un nouvel antibiotique, les deux premiers traitements n'ayant pas réussi à endiguer la sinusite chronique qui l'empêchait de respirer par le nez depuis maintenant trois semaines. Le vieillard a levé la tête pour vérifier l'heure à la pendule. Il était 11 h 59. Il a attendu que la grande aiguille avance pour marquer midi. Satisfait de ne pas déroger à sa ponctuelle routine, il a allumé la radio. Le *jingle* du bulletin d'information de France Inter, poussé au volume maximum, a presque fait trembler les murs. Alors qu'on annonçait en manchette la crainte d'une vague d'attentats dans les prochains mois en Occident, de ses mains maigres et ridées, il a rempli d'eau la casserole. Il a sorti du placard un sachet de pâtes qu'il a placé à côté. Il a ouvert le gaz puis, sans regarder, il a fouillé dans le petit bol rangé à côté de la salière et il a grommelé, n'y trouvant pas la pochette d'allumettes. Agrippé au rebord de la gazinière, il est parvenu à se redresser pour tenter de la chercher. Plissant les yeux, puisqu'il avait laissé ses lunettes sur la table basse face au divan, lui-même face à la télévision, il a fini par l'apercevoir un mètre plus loin, sur le comptoir. Il a tendu le bras sans pouvoir l'atteindre. Il s'est penché autant qu'il le pouvait. La pochette n'était plus qu'à quelques centimètres de ses doigts. Un sourire victorieux a changé le cours des rides de son visage fripé. Il s'est penché encore et il a chuté. Quand il a repris conscience, il s'est bien demandé depuis combien de temps il était par terre, mais n'a pas pensé à regarder la pendule, qui affichait 12 h 53. Il a porté la main à la bosse qui s'était formée sur son front, soulagé de ne pas saigner. Il a ouvert grand la bouche pour respirer et prendre des forces afin de se relever. Alors qu'à la radio le public applaudissait à tout rompre un candidat qui venait d'accepter le banco au Jeu des mille francs, après de longues minutes d'efforts, il a repris son souffle debout face à la casserole. Ça n'est qu'en grattant l'allumette qu'il lui est revenu en mémoire d'avoir peut-être tourné le bouton du gaz avant de tomber. Jean Moreau n'a pas eu le temps de le vérifier. On a retrouvé la canne de l'octogénaire dans le salon de la maison d'en face, dont les vitres avaient volé en éclats sous le souffle de la puissante déflagration.

Quand on compte trop sur sa chance, le hasard finit toujours par s'en mêler.

DRAGUE PAS L'AGENTE DE BORD,
ÇA PORTE MALHEUR

8 h 20 – Trois-Rivières

Dans la chambre à coucher, les draps du grand lit double son défaits. Face au miroir de la penderie, Daniel Béland, splendide quadragénaire à la coupe soignée, termine de nouer son nœud de cravate.

— Chéri, toi qui as sauvé tant de gens de la faim, as-tu vu que Léo n'a toujours pas de lait dans ses céréales ?

L'homme sourit tout en jetant un coup d'œil à la photo qui le représente dix ans plus jeune, les cheveux longs, posant au milieu d'une famille africaine face à une cahute de bambou perdue dans la brousse. Sur la table de chevet, il ramasse son iPhone, qu'il glisse dans la pochette de sa chemise.

En arrivant dans la cuisine, il découvre l'enfant qui du haut de sa chaise, mais surtout de ses quatre ans, le toise avec cet air entendu des fils qui, décidément, ne méritent pas géniteur' si négligent.

— Pis, beaucoup de lait!

À la porte du réfrigérateur, l'homme pointe sa progéniture.

— Là, papa il le fait, mais va bientôt falloir t'y mettre, Léo.

— Et pourquoi pas lui apprendre à conduire tant que t'y es?

— On est là pour l'élever, pas pour le servir!

Tout en commençant à verser le lait dans le bol, Dan se tourne vers Zoé, qui s'éloigne en enroulant ses longs cheveux blonds pour dresser un chignon. Dans le mouvement, son t-shirt remonte au milieu du dos et laisse apparaître une petite culotte blanche sur laquelle est brodé *Winnie the Pooh*.

— Chéri, concentre-toi sur ce que tu fais et laisse en paix cet innocent petit ourson.

Cinq ans qu'il vit avec elle, jamais il ne se lasse de l'admirer. À la première seconde, son regard l'avait ensorcelé. Au premier verre, son charme l'avait enivré. Au premier matin, il s'était juré de ne jamais plus se réveiller sans elle et, surtout, que jamais personne ne lui ferait de mal. Avant d'entrer dans la chambre, Zoé se retourne et sans lui demander dénoue la cravate de Dan.

— Pourrais-tu en mettre une bleue aujourd'hui ? Car ça me fâche beaucoup que tu aies choisi d'en porter une rouge un 24 juin !

À la première chicane, elle avait attendu qu'il taise sa colère pour l'embrasser et lui faire promettre qu'aucun nouveau juron ne s'immiscerait jamais plus entre eux. Et jamais plus l'un n'avait levé la voix sur l'autre.

— Papa, il a versé tout mon lait à côté et il en a mis sur mon pied que je m'avais blessé à l'école !

— Excuse-moi, Léo, j'avais juste la tête ailleurs.

— T'as fait exprès, je vais le dire à maman !

— Tu peux lui dire, et ça changera rien. Elle verra bien que c'est en rebondissant sur la table qu'une petite goutte a fait cette minuscule éclaboussure qui a souillé ton petit pied d'amour.

— T'as fait exprès !

— J'ai pas fait exprès, un papa fait jamais des choses comme ça exprès.

Une nouvelle fois, l'enfant toise son père, qui, après lui avoir tendu une petite cuillère et donné un bec sur l'orteil souillé, s'agenouille pour nettoyer le sol. En se relevant, il se trouve nez à nez avec Zoé, qui a enfilé une magnifique robe blanche imprimée de fleurs bleues, presque des lys, parfaitement assorties à ses mocassins.

— Rien n'arrive jamais par hasard, Dan, tu le sais bien.

Dan sourit. Sept semaines après leur première rencontre, à l'apogée de la énième étreinte d'une longue nuit à s'aimer, le préservatif avait cédé. Nul ne s'en était inquiété, comme si ce malheur était peut-être leur chance. L'évidence en amour parvient parfois à aller plus vite que le sentiment, mais surtout, la raison. Lorsqu'un mois plus tard il était arrivé chez Zoé pour y souper, il avait immédiatement remarqué la petite table dressée avec soin, éclairée de deux bougies juchées sur des chandeliers de fortune. Il avait compris. Compris qu'il allait être père, mais aussi compris que la jeune fille de vingt-trois ans, qui se collait à lui en pleurs, lui faisant jurer de ne jamais la quitter, s'apprêtait à conjuguer son avenir avec celui d'un homme ayant presque le double de son âge.

— Bah, c'est dégoûtant!

Dan se décolle de la robe à fleurs et regarde son fils, qui a abandonné les céréales pour se cacher les yeux. Zoé repousse délicatement les deux petites mains.

— Ça n'est pas dégoûtant, c'est normal qu'un papa et une maman se fassent des câlins.

Pas convaincu, Léo enroule ses bras autour du cou de sa mère, qui le soulève avant de se diriger vers la salle de bain.

— Viens, tu vas aider maman à se maquiller.

L'enfant profite que sa mère ne le voit pas pour tirer la langue à son père, qui se lève d'un bond pour les suivre jusqu'à la porte.

— J'ai pas mal lu là-dessus sur internet, normalement, le complexe d'Œdipe, c'est jusqu'à quatre ans. Faudrait peut-être penser à consulter.

— Chéri, peux-tu me rappeler il y a combien de temps que nous avons fêté ses quatre ans?

— Ben, y'a deux mois.

— Ben, voilà! C'était pas la peine d'aller sur internet pour comprendre qu'à quatre ans et deux mois il a toujours quatre ans!

Dan sourit bêtement. Encore une fois, l'assurance et la sérénité de Zoé quant à la destinée de leur enfant le fascinent. Persuadé qu'à son âge avancé, il ne serait jamais père, il a le sentiment de chaque jour devoir apprendre son rôle comme si rien, en lui, n'était inné. Un de ses collègues de travail dont le frère avait découvert la paternité à presque cinquante ans lui avait expliqué que c'était la peur de mourir et de priver son fils d'un papa qui l'inhibait et empêchait le naturel, son instinct, de le guider. Quand il l'avait confié à Zoé, elle lui avait intimé de ne plus jamais en parler. Que ça porterait malheur. Et que de toute façon, elle serait toujours là. Depuis, ils avaient pris l'habitude de rire de ses tourments. Faussement sévère, il pointe son fils, qui dessine sur le miroir avec un bâton de rouge à lèvres.

— Profites-en bien, toi, il te reste rien que dix mois!

— Mon chéri, au lieu de terroriser la chair de nos chairs, peux-tu aller lire le message que j'ai laissé pour toi à la porte?

Dan se dirige vers la chambre et découvre un Post-it rose. Dessus, Zoé a écrit : *Si demain matin je trouve encore une fois des bas roulés en boule, je te prive de câlins pendant deux jours.* Dan sourit et décolle le mot, qu'il glisse dans sa poche. Il ressort en courant et surgit dans la salle de bain pour balancer une dizaine de bas dans la panière à linge sale.

— Et maintenant mon câlin!

— Non!

— Léo, je te préviens, si tu ne laisses pas maman me faire un câlin, ben ce soir au spectacle de la Saint-Jean je te prendrai pas sur mes épaules et tu verras rien.

— Je veux pas aller au spectacle avec toi.

Dan reste interdit, ne trouvant pas la réplique. Zoé s'en amuse. En cet instant, comme chaque fois qu'elle le contemple ainsi, il en perd ses mots. Ça n'est pas sa beauté qui le tétanise, mais ce regard, et cette fossette qui se creuse quand elle sourit. Il ne s'en lassera jamais.

— Excuse-moi, mon chéri, je pouvais pas imaginer que ça te ferait cet effet-là de ranger tes chaussettes.

Dan pose la main sur son cœur. Dans la poche de sa veste, le iPhone vibre. Il retourne s'asseoir à la table de la cuisine pour découvrir ce message qui l'attend dans sa messagerie Facebook. Un compte qu'il avait longtemps refusé d'ouvrir. Mais il avait dû céder à la femme de son patron, qui avait exigé que tous les agents se créent un profil sous prétexte de modernité. Elle n'avait pas eu complètement tort, car il avait tout de même vendu quatre maisons par le biais du grand réseau social. On lui demande rendez-vous pour une visite. Il ne répond pas. Une demande d'amitié l'attend. À la lecture du prénom, son cœur s'emballe.

— Liette…

Des Liette, il n'en fréquente pas, ou plus. Il n'en a connu qu'une dans sa vie. Il y a si longtemps, si peu. Comme si son passé n'était que l'unique balle dans un barillet vide que l'on fait tourner devant lui alors que le canon vise son front, Daniel Béland presse la petite icône du bout de son index pour voir s'il a vraiment à faire à ce qui, soudain, l'effraie tant. La photo de profil emplit l'écran du iPhone. *Bang!* Sa tête lui semble exploser à la vue de la jeune femme. Pas de chance, la balle est dans le canon. Au loin, la voix de Zoé.

— Tu as entendu ça, chéri? Ils annoncent encore trente degrés aujourd'hui, j'ai l'impression que la journée va être épouvantable.

Trois mois plus tôt – Paris

Au bar-tabac L'Aubrac, la salle à manger bruissait d'une clientèle cosmopolite où se mêlaient ouvriers, fonctionnaires et avocats, tous pressés de retourner travailler après avoir ingurgité le menu du jour à dix-neuf euros, café compris. Au comptoir, juché sur un tabouret, le légiste Paul Lambert en menait large alors que ses collègues de l'Institut médico-légal se succédaient devant son andouillette-frites qu'il n'avait pu entamer, à force de raconter depuis son premier verre la même histoire.

— En trente ans de métier, je vous jure qu'on m'avait jamais livré un client sur une palette!

Chaque fois, Paul Lambert en oubliait de porter à sa bouche le morceau d'andouillette qui pendait à sa fourchette afin de ne rien omettre, mais surtout, de ne pas perdre l'attention de son public.

— Tu te souviens du vieux qui s'est explosé la gueule au gaz à Aubervilliers et qu'on a retrouvé le visage refait aux macaronis y'a deux semaines? Sa maison, y'avait plus de maison, alors des gars sont venus pour ramasser les décombres et les amener à la décharge. Il y a deux jours, le chef de chantier se casse bouffer en demandant à l'apprenti de garder la pelleteuse. Qu'est-ce qu'il a fait, le môme? Ben il a essayé la pelleteuse. Il a pris un bloc de béton au hasard et boum il l'a fracassé. Et là…

Paul Lambert se taisait alors afin que ses collègues puissent trinquer avec lui et crier en chœur la blague la plus courue à l'Institut.

— Il tombe sur un os!

Quand le bar-tabac L'Aubrac s'est vidé des éclats de rire et de ses clients, le légiste a commandé au patron un autre ballon de rouge avant d'attaquer enfin son andouillette-frites glacée. Il a ensuite savouré une gorgée de vin en plissant les yeux. Il les a rouverts en plaçant son verre face à la lumière pour mieux en contempler les tanins, à contre-jour. Puis, il l'a vidé d'une traite pour le faire glisser devant lui. Le patron s'est empressé de le remplir et s'est penché à l'oreille de son bon client pour y chuchoter.

— Monsieur Paul, je crois qu'elles vous attendent depuis longtemps, derrière.

À la vue des deux jeunes filles, sagement assises à une table dont rien ne trahissait qu'elle ait accueilli quelconque repas, le légiste a failli en renverser son verre.

— Fallait me dire que vous étiez là. C'est tellement rare qu'on me confie des stagiaires que je vous ai oubliées. Prenez un tabouret et asseyez-vous à côté de moi. Patron, tu nous remets deux andouillettes sur mon addition !

À peine installées, les deux étudiantes, dans un même mouvement, ont chacune sorti de leur sac un carnet à spirale et un stylo qu'elles ont ouvert à la première page, prêtes à écrire.

— C'est pas la peine de tout noter. Là, on est entre nous, on fait ça à la bonne franquette.

Les stagiaires ont immédiatement obéi à leur nouveau maître et ont reposé leur stylo, ce qui a semblé autant surprendre que ravir Paul Lambert. Pensif, il s'est frotté le menton pour trouver ses mots.

— Les enfants, pour votre premier jour de stage, je peux vous dire que vous êtes gâtées… La routine est le pire ennemi du médecin légiste. Un cancer qui peut le ronger jusqu'à n'être plus qu'un corps sans cellules vives. En général, les clients nous arrivent quelques heures ou quelques jours après leur mort. Alors on fait la batterie d'examens et de prélèvements. Toujours les mêmes gestes, les mêmes seringues, les mêmes éprouvettes. Mais là, vu l'état dans lequel sont les os que le petit apprenti nous a déterrés, il nous en faudra, de la patience et de l'ingéniosité. On va passer nos journées avec un burin et un marteau à libérer le cadavre du béton. Et chaque morceau découvert sera une nouvelle énigme qui lui redonnera vie.

Le médecin a savouré son effet. Non seulement une magnifique affaire venait de lui tomber dans les bras, mais il aurait enfin un public attentif pour le voir à l'œuvre. Il a repris une gorgée de rouge et a fixé son reflet difforme dans l'inox de la machine à expresso.

— Pour le moment, nous ne savons rien, ne voyons rien, tout est flou. C'est le début d'une grande aventure, une marche dans le désert sans boussole… Une sorte de traversée de l'Atlantique sans rames… Mais au bout du périple, il y a un trésor… la récompense de savoir qui était ce corps… lui donner un nom, une vie… de pouvoir ainsi le rendre aux proches… mais surtout de découvrir ce qui lui est arrivé, et de nous donner la chance de passer les menottes au salaud qui l'a mis dans un tel état !

Subjuguées, les deux étudiantes ont contemplé leur mentor poser ses lèvres sur le rebord de la coupe avant de la retirer et de frapper de son doigt le comptoir.

— Mais au bout du périple, il y a un trésor, la récompense de savoir qui était ce corps… Ça, vous pouvez le noter, les enfants !

8 h 30 – Trois-Rivières

Le moteur du gros Cherokee vrombit de ses huit cylindres sur l'allée de terre qui longe le petit duplex de briques grises, dont l'entrée est surplombée d'un drapeau bleu et blanc à fleurs de lys. Prostré sur son volant, son iPhone entre les mains, Dan fixe la photo de la jeune fille blonde qui pose en tenue d'agente de bord à la porte d'un avion. Pas de doute, c'est elle. De rage, il lance le cellulaire, qui rebondit sur le tableau de bord, puis sur le plafonnier, et chute sans un bruit. Il éponge la sueur de son front du revers de sa veste, pousse la climatisation à fond et enclenche la marche arrière. Dans un crissement de pneus, il recule jusqu'à la route. Au moment où il accélère pour partir, un corps se jette sur le capot. Il freine brusquement. À travers le pare-brise, Zoé le fixe, affolée.

Elle se décolle de la tôle, grimace à découvrir sa robe salie.

— T'allais partir sans Léo.

— Excuse-moi, j'avais la tête ailleurs.

La jeune femme intime à l'enfant qui se tient au pas de la porte de la maison de la rejoindre. Sans un mot, elle le fait monter dans la voiture et l'installe sur son petit siège. Elle boucle la ceinture de sécurité puis se penche dans l'habitacle pour embrasser Dan.

— C'est dégoûtant!

Zoé tente de sourire à Dan, il essaye d'en faire de même. Il y a dix minutes encore, il la regardait comme l'unique merveille du monde. Ça n'est pas que son instinct qui l'alerte, ce fameux instinct féminin, c'est simplement qu'en attachant leur fils, elle a vu la photo d'une très jolie femme qu'elle ne connaît pas sur l'écran du iPhone posé sur le siège passager.

12 septembre 1992 – Montréal

Le soleil tapait depuis un long moment déjà à travers les rideaux usés quand la sonnerie stridente du téléphone avait résonné dans le sept et demie décati de la rue Saint-Denis. Aucun des colocataires ne

voulant se lever, Dan les avait insultés tout en en-
jambant sa conquête ramenée du Swimming, bar
dans lequel il avait travaillé la veille, jusqu'à la fer-
meture. Dans le salon, il avait cherché le combiné
sous la petite table sur laquelle traînaient encore
deux verres et une bouteille de vin vides, sous les
coussins du divan, sous ses vêtements disséminés,
mêlés à ceux de la jeune femme, avant de le trouver caché par la pochette d'un vinyle de Charlebois
posé sur une rangée de livres de son immense bibliothèque. À peine avait-il décroché qu'une voix peu
familière s'était empressée de le réveiller.

— Dan, tu te souviens de la fois où ma blonde a
dû menacer de te virer si tu persistais à refuser d'aller
au vernissage de Rohrer ?

Le jeune homme avait couru à la salle de bain
pour se passer la tête sous l'eau. Pour la première
fois, l'agent d'artistes qui avait pris en charge sa car-
rière d'acteur, il y a un an, l'appelait en personne.

— Oui, je m'en souviens.

— Ben si t'étais pas venu, t'aurais jamais fait
une demi-page dans *Échos Vedettes* avec Maryline
Tremblay !

À peine imprimée, la photo avait été accrochée
derrière le comptoir par le patron du Swimming,
trop fier de voir un de ses employés connaître un
semblant de gloire au bras d'une ancienne chan-

teuse des années soixante-dix. Dans la foulée, il avait fait de son barman la vedette de sa publicité du Nouvel An qui était passée dans toutes les salles de cinéma de Montréal.

— Laisse-moi deviner ? Je parie que t'es en train de te regarder dans le miroir à te dire : « Moi, Daniel Béland, j'ai fait l'École nationale de théâtre, et c'est dans *Le Devoir* que je veux voir ma face car je suis fait pour les grands rôles, le théâtre de répertoire, les tragédies grecques. » Pas vrai ?

L'apprenti jeune premier s'était immédiatement détourné de son reflet et était sorti de la salle de bain, sans oser rétorquer.

— Écoute ça, Dan, une histoire de fou… Une assistante dentaire de Paris a connu un gars de Montréal grâce aux petites annonces du *Nouvel Observateur*. Elle vient le rencontrer ici y'a deux semaines. Un vrai désastre. Le gars avait envoyé une photo de lui quinze ans plus jeune, avait menti sur son âge, son état capillaire, sa situation, tout ! Un vrai gars, quoi ! La pauvrette veut plus rien savoir de Montréal et elle s'enfuit à l'aéroport. Là, elle fait ce que tout le monde fait avant de prendre un avion une fois que t'as fait le *check-in*, elle s'achète du parfum, des cigarettes et une bouteille de whisky au *duty-free* pis file au kiosque à journaux car elle veut pas pleurer pendant tout le vol et

veut se changer les idées en lisant des trucs légers.
Et là, devine ce qu'elle achète?

— *Échos Vedettes*?

— En plein ça! Elle arrive chez elle, se vide de
ses dernières larmes et retourne travailler le lendemain dans son cabinet dentaire du sixième arrondissement. Tu connais?

— Vaguement...

— T'es déjà allé à Paris?

— Non...

— Ça m'étonne pas. En gros, tous les artistes,
les célébrités, les intellos, ils habitent dans le coin.
Un peu comme Outremont chez nous. Tu visua-
lises, là?

— Déjà mieux.

— Donc, le dentiste, c'est une vraie star car il ne
refait que la gueule des stars. Mais tu sais comment
c'est, une star? Ça débute cool, ça s'en fout du cash,
puis une fois rendu riche, ça compte la moindre
cenne. Alors, comme il veut pas payer les abonne-
ments des revues de la salle d'attente, son assistante
a pris l'habitude de ramener celles qu'elle lit. Et là,
tu sais pas quoi?

— Je pense que je devine...

— Non, tu devineras jamais! Un gars, mais pas
n'importe lequel, s'est brisé un plombage en voulant casser une noix avec ses dents et il se pointe en

urgence le matin. On lui demande de patienter. Il en profite pour aller aux toilettes. Il attrape la première revue sur la pile. C'est quoi la revue qu'est en haut?

— *Échos Vedettes…*

— T'as beau être une star, le cul sur le bol t'es qu'un con le froc baissé qu'a ses petites habitudes. Et lui, son habitude, c'est de lire en chiant. Tu fais pas ça, toi?

— Non.

— Moi non plus, mais lui, oui. Et ça, c'est notre chance. Il tourne les pages sans vraiment lire, normal, y'a pas une vedette qu'il connaît, et il tombe sur ta photo! Il m'a dit qu'il en est presque sorti le pantalon aux chevilles. Ça faisait un an qu'il cherchait son acteur pour jouer dans son prochain film.

— Mais quel film?

— *Un prince en Avignon!*

Dan avait eu besoin de s'asseoir sur un des tabourets de la cuisine, car ses jambes s'étaient mises à trembler autant que sa main qui tenait le combiné.

— Pour jouer Gérard Philipe?

— Je lui ai envoyé toutes tes photos par fax, il n'en revenait pas de la ressemblance. Quand j'ai ajouté que tu pouvais jouer avec un parfait accent français, j'ai cru qu'il allait pleurer tellement il se pouvait plus. Un premier rôle en or. J'ai pas encore négocié le cachet, mais si tu réussis ton audition, t'auras plus qu'à quitter ta bande de losers du Plateau pour investir dans ta première maison à Outremont, cash !

— Raymond, faut qu'on se voie !

— Je suis booké mur à mur. Je suis bien libre pour souper, mais toi tu ne l'es pas.

— Je peux l'être ! Je vais appeler mon boss et le prévenir que je rentre pas ce soir.

— Dis-lui surtout que tu seras dans l'avion.

— Dans l'avion ?

— Tu décolles pour Paris à dix-huit heures. T'auras une journée pour te remettre du décalage horaire et ensuite t'iras voir Sautet chez lui.

— Chez lui ?

— Dans le sixième, face au jardin du Luxembourg. Tu te rends compte ? Tu vas prendre le petit déjeuner chez un des plus grands réalisateurs français persuadé d'avoir eu la chance de sa vie en allant chier chez le dentiste !

— Je sais pas quoi dire.

— T'es bien un acteur. Si on te donne pas ton texte, tu sais pas quoi dire. Passe chez moi chercher ton billet avant de partir. Ma femme sera à la maison et t'aura préparé tout ce dont t'auras besoin.

— J'amène mon démo, hein ?

— Oublie ça ! Si Sautet voit ta pub quétaine du Swimming, il va te prendre pour un con, et moi avec. Pis une dernière chose…

— Quoi ?

— Drague pas l'agente de bord, ça porte malheur.

Tu es l'unique. Puis un matin, il part sans te saluer,
et ton monde s'écroule. Il te veut pour ta beauté,
mais ne souffre pas qu'elle s'évapore. L'enfant est sa
projection. Son trésor. Et ton corps, alors, un écrin
chiffonné qu'il ne contemple plus. Elle se redresse,
dans le reflet du miroir, rien n'échappe à son regard
inquisiteur. Ses seins. Son cul. Ses rides. Cette vergeture que Dan affirme ne pas voir. Menteur! La
femme laisse choir sa robe fleurie. Nue, elle tourne
à la recherche d'autres preuves accablantes. Un ti-
mide sourire étire ses lèvres creusant une discrète
fossette sur sa joue droite. Zoé contemple maintenant l'évidence. Ses seins ne tombent pas, ou si
peu. Ses fesses sont toujours aussi rebondies. Les
rides autour des yeux disparaissent dès qu'elle cesse
de grimacer. Quant à la vergeture, elle a beau chercher, elle ne parvient plus à la retrouver. Elle se
dévisage sans vouloir se mentir, comme trop souvent elle le fait quand elle panique si Dan la délaisse ne serait-ce qu'un instant. Immédiatement,
son enfance défile au rythme des familles d'accueil.
Sa peur de l'abandon est une chaîne qu'elle ac-
croche au cou de celui qu'elle aime. Plus le temps
passe et plus l'inexorable échéance de se faire quitter approche et la ronge. Elle cache ses angoisses
en riant la vie. Mais dos tourné, elle la pleure. Elle
s'efface du miroir pour ne plus s'affronter. Un jour,

elle le sait, il faudra consulter. Peut-être même tout dire. Jusqu'à parler de ce préservatif prétendument percé que son ongle avait suffi à crever pour se donner la chance de faire naître un enfant, cadenas à la chaîne de Dan. Sinon, il aurait pu s'évader. C'est le drame des beaux aventuriers rencontrés un soir par hasard. Ils te séduisent car ils ont vu du pays, mais quand tu les aimes, tu ne veux surtout pas qu'ils repartent un jour, sans prévenir.

Dans la cuisine, toujours nue, Zoé prend dans le réfrigérateur la pinte de lait qu'elle vide au goulot. Maintenant, elle a honte. Tout va aller. Juste ne plus y penser. Se détendre. Se relaver. S'habiller. Travailler. Puis, à la fin de la journée, comme si rien ne s'était passé, elle ira ramasser Léo à la garderie. Elle l'amènera déambuler dans les rayons du Dollarama pour piller les drapeaux et les bébelles bleus, couleur Québec. Ce soir, elle ne cuisinera pas, ils souperont en famille chez Le Sieur de Laviolette, buffet à volonté. Ça sera une surprise. Puis ils célébreront la Saint-Jean-Baptiste au parc Portuaire avant de rentrer, pas trop tard, pour chanter des comptines à Léo. Cette nuit, elle aimera son homme jusqu'à l'épuiser et s'endormira collée contre son corps. Pour la vie.

Zoé retourne dans la salle de bain et jette sa robe dans la panière à linge sale. Raté! Elle reste accrochée au rebord. À la simple vue de la traînée grise qui l'a souillée quand elle s'est affalée sur la voiture, sa bonne humeur s'envole. Elle se revoit courir en tirant Léo dehors. Et toutes les images lui reviennent comme autant de coups de poing. Crochets et uppercuts. En rafale. Sans gants. Au corps. La photo. Le baiser oublié. Le Cherokee qui disparaît trop vite. Et Dan qui ment si mal.

— Excuse-moi, chérie, j'avais la tête ailleurs !

Zoé retourne la panière en faisant voler le linge. Elle enfile le t-shirt et le boxer que Dan portait la veille. Peu importe, elle ne doute pas qu'il va falloir se salir en fouillant partout. Et elle finira bien par savoir où il avait la tête !

12 septembre 1992 – Sainte-Agathe-des-Monts

Quand elle était apparue, le père n'avait pu se retenir de tirer fort sur sa pipe avant de souffler lentement la fumée. Elle descendait l'escalier avec tant de grâce qu'il aurait pu rester des heures à la contempler. Sa chevelure blonde était relevée dans un chignon duquel aucune mèche ne s'échappait. La veste en vichy noir et gris recouvrait un chemisier blanc à col Mao. La jupe plissée, bleu marine, volait au rythme de ses pas. À la dernière marche, la jeune femme s'était lancée dans ses bras pour l'enlacer et lui donner quelques tapes rassurantes sur le dos.

— C'est bon, tu peux recommencer à respirer.

— T'appelles dès que t'arrives, hein ?

— Oui !

— T'as pris les francs que je suis allé te changer ?

— Oui.

— T'as vu, je t'ai mis gros de chèques de voyage. Surtout, les perds pas.

— Je perds rien, tu le sais.

— Tu promets de jamais te promener seule là-bas ?

— Oui, je te promets…

— Surtout le soir, hein ?

— Oui, surtout le soir.

— Pis tu voyages en bus, pas en métro. Y paraît que c'est dangereux.

— Promis, papa.

— Puis je t'ai mis une boîte de Whippets.

— Oh, papa, t'y as pensé, mais tu sais, j'ai plus trop l'âge, et un jour, ça va finir par me faire grossir.

Le quinquagénaire s'était détaché pour contempler, une fois encore, la magnifique jeune femme qui rajustait son chignon dans le miroir, avant de repasser une couche de rouge sur ses lèvres et d'ouvrir la bouche grand pour vérifier l'éclat de ses dents, parfaites et si blanches.

— Chaton… pourquoi t'as choisi ce métier ?

— Parce que j'en rêve depuis que je suis petite et que tu m'as toujours dit qu'il fallait tout faire pour réaliser ses rêves.

— J'ai vraiment dit ça comme ça ? Ça me dit tellement rien…

— Milou, t'as rabâché ça à ta fille avant même qu'elle sache parler et t'as même ajouté que tu serais toujours à ses côtés pour l'aider. Alors, envoye, ramasse ses affaires et va démarrer l'auto, sinon on va être pris dans le trafic, et ta fille va arriver en retard à Mirabel, pis elle ratera son avion, pis elle perdra sa job, pis elle va pleurer pendant des jours que c'est à cause de son papa qui l'a jamais aimée !

À ces mots, le père avait dévisagé son épouse sans oser la défier. Il avait filé au pas de course pour saisir la poignée de la valise à petites roulettes sur laquelle était cousu un écusson aux couleurs de Canada 3000. Même si elle n'était pas si grande, il l'avait placée dans l'immense coffre de la Chevrolet Caprice 1984, en prenant soin de l'envelopper dans une couverture. Quand sa fille, suivie de sa mère, était apparue, il lui avait immédiatement ouvert la porte arrière.

— Milou, tu veux qu'elle s'assoie dans un siège de bébé tant que tu y es ?

— Minouche, c'est juste qu'on est trois et qu'elle est toujours montée derrière !

— C'est son premier jour de travail, alors fais-la monter devant !

— Mais toi, tu vas aller où ?

— Ben, je vais conduire !

L'homme grisonnant avait immédiatement lâché la poignée de la portière et avait reculé pour laisser le volant à sa femme sous le regard amusé, mais surtout attendri, de sa fille.

— Bon, d'accord, je monte derrière, mais tu mets ta ceinture, hein ?

— Minou, tu éteins ta pipe avant de monter.

— Mais non, maman, ça me dérange pas.

Quand Liette était née vingt ans plus tôt, il s'était juré que jamais rien de mal ne lui arriverait, qu'il serait toujours là pour elle. Mais aujourd'hui, sa fille unique le quittait pour s'envoler loin de la maison, sans qu'il puisse la protéger. Pour quelques mois encore, peut-être un an avec un peu de chance, elle reviendrait au terme de chaque vol dormir dans la maison qui l'a vue grandir. Puis un jour, elle ne reviendrait plus pour avoir rencontré un homme dont il mettrait du temps à simplement supporter l'existence, et plus tard la présence. Il le savait. Il y avait pensé tellement de fois. À vrai dire, chaque jour, chaque heure et chaque minute après que Liette, pleurant de joie, lui eut annoncé qu'elle avait été embauchée comme agente de bord chez Canada 3000. Seule la perspective de devenir un jour grand-père et de voir la maison se remplir d'enfants lui donnait la force de ne pas, lui aussi, la quitter.

— Mais qu'est-ce que t'as, Milou, à me regarder avec cet air de bœuf?

— Rien, Minouche, je réfléchissais…

— Bon ben embarque, tu réfléchiras mieux en roulant!

Quarante-cinq minutes plus tard, malgré les supplices de sa fille, et même quelques fausses larmes, Monique Lord avait arrêté la Chevrolet le long du débarcadère, face à la grande porte offrant l'accès direct aux comptoirs d'enregistrement de Canada 3000.

— Maman, pas devant tout le monde, je t'en prie!

— Milou, oublie pas le cadeau!

— Vous allez pas me faire un cadeau, en plus?

— Ça, c'est pas moi, c'est une idée de ton papa!

La jeune agente était sortie de la voiture en maugréant pour immédiatement rougir, non de plaisir, mais de honte, à découvrir son père, aux anges, lui tendre un paquet enrubanné qui n'avait pas manqué d'attirer l'attention des voyageurs, pourtant pressés. Gênée, elle lui avait arraché le présent des mains pour vite en déchiqueter le papier multi-colore.

— Mais qu'est-ce que tu veux que je fasse de ça ?

— Ben, tu vas faire des photos, chaton, c'est un Polaroïd. Je vais te faire voir.

— Mais qu'est-ce que tu fais ?… Pas là, p'pa, je t'en supplie !… pas devant tout le monde !… Papa… Je vais être en retard au *briefing* !

— Allez, chaton, un sourire !

Un clic, suivi du grésillement d'un petit mo-teur électrique éjectant de l'appareil photo le carré de plastique insolé, avait mis un terme au calvaire de Liette. Elle avait rapidement étreint sa mère, puis son père, rajusté sa broche en forme d'avion, puis saisi sa valise pour s'enfuir. Monique Lord avait planté ses ongles dans le bras de son époux à la vue d'un homme, portant casquette, dont les manches et les épaulettes de la veste bleu marine étaient ornées de deux bandes dorées.

— Tu te rends compte, Milou, si elle mariait un pilote ?

— C'est loin d'être un pilote, il a pas assez de barrettes pour ça ! C'est juste un copilote.

— Mais il finira bien par les avoir. Réfléchis, Milou, il a pas trente-cinq ans. Vois grand, des fois, au lieu de tout voir en noir !

Émile Dumais n'avait pas répondu, se contentant de serrer les mâchoires en observant l'homme qui venait d'insister pour laisser passer sa fille devant lui à la porte de l'aérogare afin de reluquer les fesses moulées dans la jupe droite. Le père avait songé rattraper le goujat, lui signifier de ne pas se comporter ainsi avec son enfant, peut-être même le gifler. Mais l'idée l'avait vite quitté. Liette lui en aurait certainement voulu toute sa vie. Puis, les ongles de Monique étaient toujours plantés dans son bras. Et ça lui faisait mal. Il avait donc baissé la tête, puis les yeux, pour fixer cette photo qui finissait d'apparaître. Son cœur avait battu soudain plus fort.

Elle était si jolie.

8 h 45 – Trois-Rivières

La policière éteint la sirène de son auto-patrouille et sort du véhicule. Dans le rétroviseur, Dan l'observe approcher.

— Papa, il va aller en prison ! Papa, il va aller en prison !

— Dis pas ça, Léo.

— Papa, il va aller en prison ! Papa, il va aller en prison ! Papa, il va aller en prison !

— Mais tu la fermes, ta bouche !

L'enfant se tait pour éclater en larmes. Impuissant, le père pose son front sur le volant puis se redresse pour détacher sa ceinture de sécurité afin de pouvoir se tourner.

— Excuse-moi, j'aurais pas dû te crier après.

Il tente de caresser la joue de son fils. Celui-ci repousse la main et cherche à la mordre.

— T'as fait exprès et je vais le dire à maman !

Dan sait qu'il ne pourra plus calmer Léo. Normal, seule Zoé sait le calmer. On cogne sur le toit du Cherokee. La policière fait signe de baisser la vitre. L'enfant essuie ses larmes. Dan s'éponge le front couvert de sueur et ouvre.

— Je sais, j'allais un peu vite, mais j'étais en retard... Pis le petit, il est intenable à l'arrière.

— Soixante-dix neuf dans une zone de quarante, c'est pas un peu vite... surtout proche d'une école... pis c'est pas le petit qui conduisait, hein ?... Permis, plaque et assurances, s'il vous plaît.

Dan la fixe de ses grands yeux bleus et se fend d'une moue amicale, ou plutôt charmeuse.

— Vous allez tout de même pas me donner un ticket ?

— Permis, plaque et assurances, s'il vous plaît.

— Juste au moment où vous avez mis la sirène, j'allais freiner. La garderie est juste là, devant nous !

Y'a pas cinquante mètres. Vous croyez quand même pas que j'allais jeter mon fils par la fenêtre sans m'arrêter?

— Je vais le dire à maman que t'as voulu me jeter par la fenêtre!

Dan force un sourire en tentant d'inviter la femme de loi à le partager. Rien. Pas le moindre rictus. Il soulève une fesse pour saisir son portefeuille. Rien. L'autre fesse. Rien. Il palpe son torse, sa taille, ses hanches. Rien. Le siège passager. Rien. Il relève la tête pour essuyer les nouvelles gouttes de sueur qui perlent sur son front. La patrouilleuse ne dit mot, puis marche jusqu'à l'arrière de l'auto pour en noter le numéro de plaque. Au passage, elle en profite pour discrètement regarder le contenu du coffre. Ce qu'elle y voit semble l'intriguer. Elle se frotte le menton en revenant vers Dan, le dévisage un instant, puis, soudain, sursaute au cri strident.

— C'est moi qui l'a! C'est moi qui l'a! C'est moi qui l'a!

— Donne à papa!

— Non!

— Donne à papa, j'ai dit!

— Non!

— Donne-moi ça, crisse!

Le père arrache des petites mains le portefeuille et en extirpe les documents demandés. Il les tend à la policière. Quelques secondes suffisent pour qu'il s'inquiète de ne plus entendre son fils. Il se retourne. L'enfant tente de déverrouiller le iPhone, qui traînait sur le siège.

— Donne à papa !

— Non !

— Donne à papa, j'ai dit !

— Non !

— Donne-moi ça, crisse !

Dan parvient une nouvelle fois à saisir l'objet des mains de son fils, qui se met de nouveau à hurler. La patrouilleuse décide de mettre fin au supplice du père, et peut-être aussi au sien.

— Allez le porter pendant que je fais les vérifications.

Assise dans son véhicule dont les gyrophares tournoient toujours, la jeune policière observe, sans émotion, l'homme qui vient de renoncer à tirer l'enfant vers la garderie pour le prendre dans ses bras, malgré les cris. Elle attend de les voir disparaître dans la bâtisse pour s'intéresser au permis de conduire. Daniel Béland. Quarante-trois ans. Domicilié à une dizaine de blocs de là. La voiture est à son nom. Aucun point d'inaptitude jusqu'à aujourd'hui. Elle se concentre alors sur la photo. Aucun doute, c'est bien celui qu'elle a intercepté. Mais cette certitude plonge peu à peu la jeune femme dans une profonde perplexité. Elle réfléchit un moment puis ouvre la portière. Elle sort de son auto et marche jusqu'à l'arrière du VUS. Elle colle son nez sur la vitre et de sa main se protège des reflets du soleil. À nouveau, elle fixe la photo sur le permis de conduire, puis revient vers le contenu du coffre. Ces panneaux Re/Max ont tout de suite éveillé ses soupçons. Daniel Béland est bel homme. Il le sait. Il le sait tellement bien qu'il a tenté de la charmer. Mais alors, pourquoi, lui qui use si bien de cette arme, s'enlaidirait-il sur sa photo d'agent immobilier en portant une affreuse moustache et une raie sur le côté semblant dater d'une autre époque? L'homme qu'elle vient d'arrêter pour un banal excès de vitesse cache quelque chose. Elle le sent. Sa nervosité était bien trop grande pour un si petit délit. Un instant, elle se demande si elle doit avertir son chef, mais pour le déranger il faut un vrai motif, des faits. Là, c'est juste une infraction au Code de la route, pas de quoi sortir les menottes. Et surtout, elle est déjà en mission. Elle doit aller se poster sur la 40, dans sa planque préférée, sous le pont. Sa machine à cash. Elle est en retard de quatre mille cinq cents dollars sur son objectif du mois. Quand tout à l'heure elle en aura fait mille, elle fera une pause et passera à l'adresse indiquée sur le permis. Une petite visite de routine. L'air de rien. Parce que donner des contraventions, elle vaut mieux que ça. Elle se le dit chaque soir, seule, face au miroir de la salle de bain. Que la chasse commence.

Trois mois plus tôt – Paris

— Patron, une autre, et vite !

— Non, merci, monsieur, ça va aller pour moi.

— C'est gentil, mais pour moi aussi… euh… ça va aller.

Le légiste Paul Lambert est resté un instant idiot avec la bouteille vide qu'il agitait en l'air dans la salle du bar-tabac L'Aubrac qui ne comptait plus que quelques clients. Après avoir dévisagé ses deux stagiaires, visiblement contrarié, il l'a reposée.

— C'est vrai, ça me revient, ça… on vous apprend pas à boire en prépa à médecine ? Une énorme faille dans le programme… car si vous observez le nombre de médecins qui étaient de beaux petits étudiants comme vous, mais qui finissent par devenir alcoolos, on aurait bien mieux fait de leur apprendre à picoler dès la première année… Croyez-en mon expérience !

Les deux jeunes ont baissé les yeux pour fixer leur verre vide. Par chance, le patron a vite interrompu un silence qui se promettait d'être long.

— Alors, monsieur Paul, on est en panne sèche ?

— En panne sèche et complètement démora-
lisé par les générations qui vont peut-être me suc-
céder à l'Institut médico-légal… Pour oublier,
mets-moi un carafon de rouge et deux diabolos
menthe pour les petites filles.

Quand le serveur a déposé la commande sur la
table, le vieux médecin s'est empressé de remplir
son verre, de le lever pour trinquer avec ses stagiaires, de le vider, de le remplir encore et de frapper
fort de la paume sur la table.

— Patron, tu nous débarrasses ce bordel, et que
personne ne nous dérange. On a du boulot !

En se penchant sur le côté de sa chaise pour
attraper une lourde sacoche de cuir, le légiste a failli
basculer. Les deux étudiantes ont évité de se fixer
pour ne pas partir dans un fou rire. Mais lorsque le
médecin s'est redressé, elles ne l'ont pas reconnu.
Non que ses yeux étaient gorgés de sang, mais son
regard n'était plus le même. Paul Lambert, dans le
vin, trouvait la transe sacrée qui lui donnait l'impression de naviguer au-dessus du problème sans
peur de s'y noyer. La vue brouillée, il ne distinguait
plus les fausses pistes. L'alcool lui permettait alors
de tout envisager, sans contrainte, et d'élaborer, en
partant de rien, ou de peu, les hypothèses les plus
folles.

— Parce que, vous comprenez, les jeunes, quand tout se passe normalement, pour un policier, y'a rien qui se passe. Prenez un village et mettez-y des gens normaux qui font les choses normalement, y'a pas besoin de policier. L'homme tue parce qu'il y a quelque chose qui va pas, qui ne tourne pas rond selon lui ou dans le moment qu'il vit. Des fois, c'est tellement pas normal ce qui se passe dans leur tête que si t'es trop normal quand tu cherches à comprendre, eh bien tu trouveras jamais !

Paul Lambert a attendu que les deux étudiantes retranscrivent sa tirade dans leur cahier. Il en a profité pour vider le carafon dans son verre. Il a claqué des doigts pour intimer au patron l'ordre de le remplir, puis il a sorti de sa sacoche un morceau de béton de la taille d'un kiwi ainsi qu'un détecteur de métal miniature qu'il a passé tout autour du fragment, faisant varier l'intensité du bip.

— On a sorti tous les os du bloc initial. Je vous ai fait reconstituer le corps. Il nous manque rien. Le crâne est intact, les restes ne montrent pas de fractures flagrantes. Ça daterait d'une vingtaine d'années. On sait juste que la victime mesurait entre un mètre soixante et un mètre soixante-dix. Une femme. Elle portait certainement un vêtement en jean vu les rivets retrouvés. Ce qui peut nous laisser imaginer, je dis bien « imaginer », que le drame s'est passé en été. La position du corps était recroquevillée. Signe qu'elle a dû se voir mourir... Je lui souhaite de ne pas encore avoir été vivante à ce moment, car sinon elle a du tellement souffrir, la petite dame, que jusqu'à son dernier souffle elle a regretté qu'une nuit ses parents aient eu la mauvaise idée de baiser sans préservatif.

Face à ses deux étudiantes déstabilisées par le cynisme du propos, le médecin a rempli son verre, qu'il a porté à ses lèvres.

— Ça, les enfants, c'est l'autre excuse pour boire dans ce métier, mais je vous l'avais gardée pour la fin... Bon, revenons à notre morceau de béton. Le moment est venu pour vous de découvrir ce qu'il contient. Cela peut être la clef du trésor que nous recherchons. Servez-vous du détecteur pour la localiser. C'est pas compliqué, plus le bip est fort et plus vous vous approchez.

— Mais c'est pas légal, monsieur, de faire ça ici... dans un café.

Parvenant à ne pas tituber, Paul Lambert a rejoint le bar pour s'y accouder, lourdement. Il a claqué des doigts. Le patron lui a rempli un verre. Avant de le porter à ses lèvres, le légiste s'est tourné vers ses deux stagiaires.

— Je sais, on aurait pu utiliser la radio de l'Institut, mais moi, j'aime pratiquer à l'ancienne, et les rayons X, c'est mauvais pour mon cancer. Puis ça fait tant d'années que je dépéris dans le même bureau, que si on peut travailler dehors, on en profite! Soyez gentilles de pas envoyer de la poussière partout. On n'est pas chez nous, quand même. Dans le sac, je vous ai mis une balayette et une pelle. La poubelle est au fond, là-bas. Prenez votre temps, on a tout l'après-midi.

Estomaquées par la méthode du légiste, dont aucun manuel universitaire ne faisait mention, les deux stagiaires se sont regardées sans savoir si elles devaient s'exécuter.

— Au fait, les filles, j'ai oublié de vous dire que la seule chose qu'est légale pour moi, c'est de tout faire pour aider à attraper le salopard qu'a fait ça à cette femme et de le faire condamner tout en priant pour qu'il se fasse trouer le cul en cellule.

À ces mots, sans hésiter, les deux étudiantes ont saisi leur burin et commencé, grain par grain, à réduire le morceau de béton.

Une heure plus tard, les yeux exorbités par la surexcitation de découvrir enfin ce qu'il recelait, elles ont chuchoté afin de ne pas réveiller leur mentor qui dormait sur la banquette, au coin de la salle vide et silencieuse.

— Tu vois quoi, toi?
— Une sorte d'aile…

POGNE-LE, PIS C'EST TOUT!

9 h 05 – Trois-Rivières

Sur les murs blancs, seules deux affiches aux couleurs de Re/Max donnent un semblant de vie au bureau bercé par le ronronnement de la climatisation qui roule à plein régime. Contre un classeur, divers panneaux d'agents, dont un de Daniel Béland arborant sa moustache et cette raie qui divise ses cheveux plaqués. Dans la poubelle, la contravention de cent cinquante-cinq dollars pour excès de vitesse gît, déchiquetée en petits morceaux. Le téléphone sonne. Dan, figé devant l'écran de son ordinateur, ne bronche pas, les yeux rivés sur la demande d'amitié. Sans grand espoir, dans la fenêtre de Google, il inscrit Liette LD. Bien entendu, le moteur de recherche ne trouve rien. Mais elle, comment a-t-elle pu le retrouver? Il se tourne vers sa photo d'agent, celle qui illustre également sa page Facebook. Ridicule. Comment avait-il pu imaginer qu'on ne le reconnaîtrait pas en se grimant de la sorte? Il ne voulait pas ouvrir ce compte. Il avait même envisagé de changer de métier. Mais comme il y avait déjà une trentaine de Daniel Béland sur le réseau social, il avait cru pouvoir rester personne en étant un monsieur Tout-le-monde. Le téléphone se tait. Puis, des bruits de talons, on frappe. Dan ne répond pas.

— Magnum!

— Occupé!

On tente d'ouvrir la porte. Il avait pris soin de la barrer. Les pas s'éloignent. À nouveau, on n'entend plus que la climatisation qui se mêle à la respiration saccadée de Dan. Il revient à Facebook et place le curseur sur l'icône qui lui permettrait d'accepter la demande d'amitié de Liette LD. Son doigt ne cesse de trembler au-dessus du bouton de la souris. Il hésite. Cette requête n'est pas un hasard, il le sait. Accepter, c'est concéder qu'il se souvient, au risque de s'exposer à une escalade infernale. Certainement s'expliquer. Et après, un procès? La prison? Dan serre sa tête entre ses mains. Il doit réfléchir calmement. Sur le bureau, son cellulaire vibre. L'afficheur indique un numéro inconnu. Il hésite un moment et décroche.

— Allô !

— Hey, Magnum, les Mercier sur la deux. Ils disent qu'ils ont laissé un message ce matin et que t'as pas donné signe de vie. Tu les prends, sinon ils vont me bloquer la ligne !

— Je t'ai dit que j'étais occupé.

— Ah, oui ? Et tu fais quoi au juste ?

— Euh… J'étudie un contrat de succession compliquée, là. Dis-leur que je les rappelle plus tard.

— T'es bien un gars, Magnum. Tu dis que tu travailles, mais t'es en train de watcher une petite pitoune.

Dan sursaute. On cogne à la fenêtre. Il bondit de son fauteuil, manquant s'affaler sur son écran. Il se redresse et se retourne. Derrière la vitre donnant sur le jardin se tient la femme du boss, cinquantaine décolorée, téléphone à l'oreille, qui, juchée sur une chaise posée dans l'herbe, le pointe, regard mauvais.

— Ça fait vingt ans que je travaille ici et y'a pas personne qui prend pas l'appel quand c'est moi. Compris, Magnum ?

— Oui, mais les Mercier, à leur âge, ils veulent pas acheter de maison, ils cherchent à se faire offrir une petite balade en voiture.

— Ça, c'est pas de mes affaires. Peux-tu juste me confirmer que Magnum, il a bien compris ce

que je t'ai dit, parce que, là, j'aimerais descendre de
ma chaise.

— Je m'appelle pas Magnum, mais Dan.

— Moi, si j'ai envie de t'appeler Magnùm, je
t'appelle Magnum. Alors, il a compris, Magnum,
ou il a pas compris ?

— Il a compris…

La réceptionniste disparaît en pestant à constater que son fond de teint a coulé sous la chaleur. Il
saisit le combiné et active la ligne deux. Un bip
intermittent retentit. On a raccroché. Il ouvre son
tiroir et sort ses fiches clients. Il extirpe du paquet
celle des Mercier et la pose sur son bureau pour
composer leur numéro. Ça sonne. Machinalement,
il regarde l'écran de son ordinateur. Un nouveau
message de Liette LD.

Tu ne veux plus être mon ami ?

Refuser plus longtemps, c'est risquer de se faire
harceler davantage. Peut-être de recevoir du cour-
rier ou des visites ici ou chez lui, des coups de fil à
toute heure. Que raconter à Zoé ? Il n'a pas le
choix. Il clique sur l'icône, et apparaît à l'écran la
page Facebook de Liette LD. Un court moment, il
respire mieux. Le compte a été ouvert aujourd'hui.
Elle n'a qu'un ami, lui. Il n'y a qu'une photo. Au
bout de la ligne, on décroche.

— Allô ?

Un point vert scintille à la gauche de Liette LD. Il n'a pas le temps de se demander quoi écrire que le *ding* signalant un nouveau message entrant résonne.

— Allô… Allô, y a quelqu'un ?… Je vous entends respirer… C'est qui ?

Sur l'écran apparaît une photo de la jeune femme juchée sur le cheval de bois d'un manège. À la vue de son sourire, de la joie et de la vie qui émanent de l'image, Dan se détourne, les lèvres tremblantes. Nouveau *ding*. Nouveau message.

Dis-moi, Richard… Pourquoi tu m'as fait ça ?

12 septembre 1992 – Outremont

L'élégante quadragénaire, portant avec tant de grâce un tailleur griffé, avait pris soin d'étaler les dix billets de vingt dollars les uns contre les autres sur la table du luxueux salon pour qu'ils forment un long tapis vert sur lequel elle avait ensuite déposé, en les énumérant, des coupures de cent francs.

— Un, deux, trois, quatre, cinq, six, sept, huit, neuf et le petit dernier pour faire mille !

— J'en reviens pas qu'il fasse tout ça pour moi.

— Rêve pas, Raymond, il le fait surtout pour lui. Il a un appétit d'ogre, et le Québec ne pourra jamais le rassasier. Ce qui t'arrive, il le prend pour un don du ciel, sa grande chance à lui de percer enfin en France et d'être un agent que l'on reconnaîtra lorsqu'il se plantera à la terrasse du Martinez pour fumer son cigare.

— C'est où, ça, le Martinez ?

— À Cannes, mon chéri. Sois bon et on t'y amènera.

— Et si ça marche pas ?

— Ça peut pas ne pas marcher.

— Et si Claude Sautet, il me trouve mauvais ?

— Avec la belle petite gueule que t'as, qui pourrait te trouver mauvais ?

Dan avait senti les effluves du parfum avant qu'une main ne se pose sur ses fesses alors qu'il ramassait les billets pour les glisser dans sa poche.

— Ça m'excite de te voir prendre l'argent, j'ai l'impression de te payer…

Dan s'était raidi mais n'avait pas bronché quand la main était remontée dans son dos jusqu'à sa tête pour ébouriffer sa chevelure. Tout en défiant des yeux le jeune homme, elle avait plongé l'annulaire entre ses lèvres afin de l'humecter pour le libérer de son alliance dorée. Sans la regarder, elle avait laissé choir le bijou dans une tasse en porcelaine, posée sur le grand vaisselier. Tout en détachant un à un les boutons en nacre de son chemisier de soie, elle s'était avancée vers lui au son de ses talons hauts, qui claquaient sur le parquet immaculé.

— Pis anyway, c'est vrai que je te paye, puisque j'ai doublé le cash que m'avait donné Raymond pour toi…

En se mordant la lèvre inférieure, elle avait levé ses deux bras pour l'enlacer. Mais il l'avait saisie au poignet pour l'arrêter.

— Non…

— Dan…

— Pas ici…

— Comment ça, pas ici? On a déjà fait ça partout… Allez, lâche-moi, j'en ai trop envie.

— On est dans la maison de Raymond, tout de même.

— Il va rentrer tard… Embrasse-moi.

— Une autre fois, je dois filer à Mirabel, sinon je vais rater mon avion.

— Évidemment que tu vas le rater, c'est moi qu'ai ton billet.

Il avait libéré ses poignets alors qu'elle lui tendait ses lèvres et s'était éloigné de quelques pas.

— Non, vraiment, pas là, je peux pas. J'ai pas la tête à ça, faut que j'y aille… Une autre fois… Tu me donnes mon billet?

Elle avait cherché son regard, sans jamais le trouver.

— Me dis pas que tu es du genre à séduire une femme pour la jeter une fois que tu as eu ce que tu voulais?

— Ça a rien à voir.

Elle s'était retournée pour reboutonner son chemisier, prenant même soin qu'il ne puisse l'apercevoir dans le grand miroir.

— C'est drôle, mais ça me revient... Le soir où je t'ai rencontré avec mes amies au Swimming, c'est au moment où t'avais su où je travaillais que tu t'étais intéressé à moi.

— N'importe quoi!

Il était allé enfiler sa veste et était revenu se planter à ses côtés pour recoiffer de la main sa tignasse qu'elle avait emmêlée. Comme si elle ne l'avait jamais connu, elle avait un moment scruté dans le reflet cet homme qui ne la regardait plus pour n'admirer que lui.

— C'est juste que là, si j'ai ce rôle, ça va plus être possible, surtout que je vais devenir une des vedettes de l'agence... Pis là, Raymond, je le verrai souvent, il va finir par se douter. Pis, je peux pas lui faire ça...

— Comment ai-je pu être aussi conne...

Elle avait marché jusqu'à son sac à main, posé sur le divan au cuir rouge rutilant, pour en sortir une enveloppe qu'elle avait lancée à ses pieds.

— Tiens, tes cartes de visite que tu as demandées avec ce pseudo ridicule. Je comptais te les offrir, mais je déduirai la facture de ton premier cachet. Toutes les grandes vedettes assument leurs frais de promotion. Tu sais ce que c'est ?

Après avoir approuvé de la tête, Dan s'était accroupi pour ramasser l'enveloppe, qu'il avait vite rangée dans sa sacoche. Elle en avait profité pour récupérer son alliance dans la tasse.

— Ah, oui, pour le billet, j'avais tout fait pour t'avoir une place en business, mais j'ai eu de la chance, on venait tout juste de vendre la dernière. Alors, comme Raymond le voulait, tu vas voyager dans la bétaillère avec les porcs !

Elle s'était soudainement approchée de lui pour le pousser sans ménagement vers la sortie.

— Parce que si ça tenait qu'à moi, je te ferais voyager dans la toilette avec les merdes de ton espèce !

À la porte, il s'était arrêté pour se retourner.

— Excuse-moi, je ne voulais pas te faire de mal.

— Ben, c'est raté !

Les premières larmes avaient emporté le Rimmel pour le faire couler dans le sillon des ridules. La femme humiliée avait une dernière fois contemplé celui dont elle avait certainement eu la faiblesse de s'amouracher. Elle n'avait pas eu la force de le repousser quand il l'avait enlacée pour lui caresser le dos, comme on flatte un chien pour qu'il cesse de grogner.

— Je suis vraiment désolé. J'espère qu'on va rester bons amis.

Les yeux gorgés de haine, elle avait hurlé.

— C'est ça, va baiser les petites salopes de ton âge !

Au même moment, le 12 septembre 1992 –
Aéroport de Mirabel

Liette Lord-Dumais n'avait pu s'empêcher de rougir en baissant la tête pour regarder, gênée, ses mocassins. Dans le *crew room* de la compagnie Canada 3000, la chef de cabine avait tenu à annoncer qu'il s'agissait de son « baptême de l'air » à toutes les agentes de bord du vol pour Paris. Dans un même mouvement, elles l'avaient spontanément applaudie avant de lui donner, à tour de rôle, une amicale accolade. L'une d'elle en avait profité pour décrocher sa broche et l'épingler sur l'autre poche de la veste en vichy noir et blanc.

— Tu t'étais trompée de côté.

Puis, la responsable du vol avait sorti de son porte-documents la liste de l'équipage du jour en demandant le silence.

— Nous partons sur un A330 et on est over-booké. Pas de passagers particuliers de prévu, si ce n'est un groupe d'une quinzaine d'enfants qui seront placés dans les quatre dernières rangées.

— J'vous le dis tout de suite, ça sera pour vous, les filles, moi je les prends pas !

— Hey, Kateri, t'es bien jeune pour dire ça !

Un rire entendu avait salué la blague, Liette prenant soin d'imiter ses consœurs. La chef de cabine, elle, n'avait pas ri et s'était raclé la gorge, à l'évidence gênée par ce qu'elle allait annoncer.

— C'est pas la peine de vous expliquer… la plus ancienne parle en premier… huit en écono et deux en Club… Sauf que ce soir… y a qu'une place en Club !

— Y'en a toujours deux !

— Je sais… mais ce soir y en a qu'une…

— Mais Monique, t'as bien dit que le vol était complet, on peut pas mettre qu'une seule agente devant ?

— Je sais… y en aura bien deux… C'est juste que le commandant, à la requête du copilote, a demandé que notre petite nouvelle fasse son premier vol chez Canada 3000 en business !

— Quoi ?

Les regards, soudainement vidés de toute bonhomie, s'étaient alors tournés vers Liette, qui avait rougi encore plus fort, n'osant plus fixer aucune de ses consœurs. Une première avait susurré tout bas.

— C'est pas dans la convention, ça?

Une autre avait chuchoté tout haut.

— T'as déjà couché avec, ou tu comptes le faire à Paris?

Choquées, toutes les agentes, dans un même mouvement, avaient dévisagé avec tristesse celle qui avait osé dire tout haut ce que personne ne pensait tout bas.

— J'ai jamais couché avec personne, moi!

La quinquagénaire fautive s'était alors immédiatement approchée de la jeune fille qu'elle venait d'insulter.

— Excuse-moi, Liette, c'est juste que le pilote que j'ai épousé il y a vingt-cinq ans m'a annoncé la semaine dernière qu'il me quittait pour une autre agente, qui a dû naître l'année de notre mariage.

— Je suis tellement désolée…

— Sois pas désolée. C'est aussi de ma faute. À force de croire que ça ne pouvait pas m'arriver, j'ai fini par le provoquer. Alors, un conseil… si jamais t'as un doute sur ton chum, c'est qu'il est en train de jouer dans ton dos… Et là, pense même pas à te dire que tu te fais peut-être des idées… pogne-le, pis c'est tout!

VOUS ÊTES SÛR QUE ÇA VA, MONSIEUR ?

9 h 10 – Trois-Rivières

Zoé scrute, une à une, les étagères et les boîtes empilées autour du petit établi où traînent les nombreux outils qui ont servi à Dan pour rénover leur
maison. Dans le cabanon au fond du jardin, c'est
déjà la fournaise. Elle n'a pas eu de mal à trouver la
clé, cinq années ont vaincu la méfiance de Dan, il
ne la cache plus. Jamais elle n'aurait imaginé
pousser un jour cette porte sans le lui demander.
C'est la faute de cette fille sur la photo si elle y
entre aujourd'hui alors qu'il n'est pas là. Il n'avait
qu'à ne pas s'enfuir en disant qu'il avait la tête ailleurs. La jeune femme s'assoit pour se calmer, pour
ne pas tout virer à l'envers, tout de suite, comme
elle vient de le faire dans tous les placards, les tiroirs

et les recoins de la maison. Elle préfère observer le lieu pour mieux le comprendre. Dan est comme tous les hommes. Il est prévisible. Il se pense plus malin, mais il finit toujours par se faire avoir. Chaque fois qu'il a tenté de lui dissimuler quelque chose, elle l'a trouvé. Pour le moment, elle n'a eu qu'à chercher ses cadeaux d'anniversaire et ceux devant célébrer chacune des années passées ensemble. C'est plus fort qu'elle. Elle a tellement peur de ne pas en avoir qu'elle préfère se rassurer auparavant, juste histoire de vivre sereine cette journée de fête. À y repenser, chaque fois, elle les a dénichés dans la maison, jamais dans le cabanon. Elle n'aurait jamais osé y fouiller. Mais aujourd'hui, c'est différent, elle chasse la rivale, alors tous les coups sont permis. Comme un prédateur à la poursuite de sa proie, elle cherche la moindre trace, la moindre empreinte. Elle balaie du regard chacun des éléments qui composent le lieu et en inspecte tous les recoins. Soudain, son souffle se coupe. Elle essuie de sa langue les gouttes de sueur qui viennent mourir sur sa lèvre et se raidit. Ses mâchoires se contractent. Elle fixe une boîte en bois sur laquelle la peinture écaillée laisse deviner un lion. Ce souvenir d'Afrique tranche sur l'amas de cartons posés sur un vieux guéridon. Dan ne ramasse jamais ses chaussettes. Il n'aime pas ranger. Alors, il range mal.

D'habitude, elle en rit. Mais pas là. Le petit boîtier détonne au milieu de la pile de cartons, car contrairement aux autres objets recouverts de poussière, il a souvent été manipulé. Certainement quand elle s'absente. Pendant qu'il complote dans son dos.

— Salaud !

Marchant lentement autour de la table de la cuisine, Zoé contemple son butin. Elle vide un verre de lait et s'essuie la bouche à l'aide du t-shirt de Dan. Elle pose la main sous son sein gauche pour s'assurer que son cœur a repris son rythme normal. Elle s'assoit et amène la boîte à elle. D'un doigt, elle soulève le couvercle. Dans le petit coffret, il y a des dizaines et des dizaines de Post-it. Probablement tous ceux qu'elle lui a écrits depuis qu'ils sont ensemble et qu'elle s'amuse à coller partout dans la maison. Pour lui rappeler une chose à faire, pour le gronder de laisser traîner ses affaires, pour lui dire qu'elle l'aime et qu'elle sera sa femme pour toute la vie. En les brassant du doigt dans la boîte, elle devine qu'il n'en manque aucun. Elle s'en veut. Elle n'aurait pas dû. Les relire lui fait battre, à nouveau, le cœur plus vite. Non de colère, mais de honte. Les hommes ne sont pas tous pareils. Elle doit apprendre à lui faire confiance. Elle oubliera de lui dire qu'elle a fouillé dans sa cachette secrète et rangera dans la maison tout ce qu'elle a éparpillé au sol au gré de sa rage. Faut la comprendre, aussi. Elle va faire comme si rien ne s'était passé et se promettre de ne jamais recommencer, même pour les cadeaux.

Zoé regarde une dernière fois la boîte, qu'elle vient de replacer à l'endroit précis où elle l'avait trouvée, entre deux cartons, en veillant à ce que le museau du lion soit orienté dans la bonne direction. En s'apprêtant à ressortir du cabanon, sous le petit établi, elle remarque une chaussette roulée en boule au fond de l'une des chaussures de ski de Dan. Elle sourit. Il ne changera jamais. Elle se penche pour l'en extirper et découvre une enveloppe froissée portant l'en-tête d'une agence d'artistes. À l'intérieur, des cartes de visite à un nom dont elle n'a jamais entendu parler. Il y a aussi la photo Polaroïd d'une belle jeune femme. Elle n'est pas seule. Dan est collé à elle. Les deux sont dans la vingtaine et posent devant une grande double porte de bois encadrée de pierres blanches. Dans le linteau orné d'une frise est gravé le numéro 17. Ça pourrait ressembler à un édifice ancien du Vieux-Montréal, mais derrière eux, on distingue une énorme bâtisse dont le dôme est surplombé d'un drapeau français. Zoé ne ressent dans l'instant aucune jalousie, ni même la peur d'être quittée, mais un étrange malaise progressivement l'habite. Comme elle, cette femme est blonde. Comme elle, cette femme a les yeux bleus. Comme elle, cette femme a une fossette qui creuse sa joue quand elle sourit. Pourtant, ce n'est pas elle, non, mais la ressemblance est flagrante. On se croit unique, mais personne ne l'est. Dans la vie on peut l'accepter, mais jamais en amour. Elle n'en veut pas à Dan de ne pas avoir dévoilé certains pans de son passé, mais là, c'est différent. Il lui a menti. Un bon gros mensonge. Dans sa face. La question avait été anodine, en pleine lecture des pages Voyages du journal du samedi qui traitaient de la Normandie, mais elle se souvient de chaque mot de la réponse, et surtout du ton catégorique.

— Je suis prêt à aller avec toi au bout du monde, ma chérie, mais la France, ça me tente vraiment pas. En fait, j'aime pas ce pays, les Français m'énervent. Pis on arrête pas d'en voir, ici. C'est pour ça que j'y ai jamais mis les pieds, en France, et je compte vraiment pas le faire. Jamais !

Zoé fixe un long moment la photo de Dan en compagnie de cette jeune femme. Elle referme la porte du cabanon et à nouveau elle scrute, une à une, les étagères et les boîtes empilées.

12 septembre 1992 – Aéroport de Mirabel

Dans la salle d'embarquement, les passagers voya-
geant en *Class Club* sur le vol Canada 3000 à destination de Paris venaient d'être appelés. Alors qu'ils
disparaissaient dans le couloir menant à l'avion, Dan
les avait admirés avec une pointe de jalousie. Si le
vol n'avait pas été plein, il aurait pu, lui aussi, jeter
un regard dédaigneux sur la populace de la classe
économique, et non être celui qui se faisait toiser par
ces privilégiés en costume griffés. Il s'était alors juré
que dès son embauche par Claude Sautet, il exige-
rait que soit stipulé dans ses futurs contrats qu'il n'ac-
cepterait de voler qu'à l'avant de l'appareil, là où les
sièges sont si larges et moelleux. À cette idée, il avait
repensé à la femme de son agent. Ses larmes l'avaient
touché. Il faudrait lui ramener un souvenir de Paris.
Mauvaise idée, elle risquerait d'imaginer qu'il veut
renouer. Le mieux serait de dénicher un cadeau
pour elle et son mari. Ainsi, elle comprendrait le
message. Pendant qu'il cherchait quoi offrir, un garçon d'une dizaine d'années l'avait bousculé avant de
se fondre dans la foule, sans s'excuser. Dan avait
alors remarqué l'agente de bord qui s'escrimait à
compter les têtes d'un groupe d'enfants dont aucun
ne tenait en place. Aux grands maux, elle avait opté
pour les grands remèdes.

— Si y'en a un qui bouge encore, l'avion, il part sans vous !

La menace n'avait eu aucun effet. L'un des accompagnateurs, dont le survêtement témoignait qu'il était aussi l'entraîneur de l'équipe atome de soccer du Titan de Montréal-Nord, en partance pour un tournoi international en Vendée, était venu à sa rescousse.

— Elle vous l'a dit, la madame, l'avion y va partir sans vous !

— Même pas vrai, coach !

L'homme bedonnant, certainement dévoué à la cause du sport et des enfants, s'était écrasé sur une banquette, vaincu, pour regarder ses joueurs, sur lesquels il n'avait visiblement aucun contrôle, courir de plus belle.

— Jonathan, si tu bouges encore, tu joues pas lundi !

— Normal, papa, on joue mardi, nous !

Dan n'avait pu s'empêcher de sourire à voir le pauvre père se prendre la tête à deux mains en la secouant aussi fort que les regrets de s'être embarqué dans cette galère devaient être grands.

Trente minutes plus tard, dans l'avion, c'est Dan qui s'était pris la tête à deux mains en voyant apparaître dans l'allée le cortège de la bruyante équipe de soccer, qui n'avait jamais cessé de gesticuler, pour assaillir les quatre rangées derrière lui. L'idée de ne pouvoir fermer l'œil de la nuit l'avait rongé jusqu'à ce qu'une femme brune, à la beauté incendiaire, l'extirpe de ce cauchemar annoncé en le priant de se lever pour qu'elle puisse atteindre son siège. Il l'avait accueillie du sourire enjôleur qui faisait craquer toutes les clientes du Swimming. Elle n'avait pas mordu, se contentant d'un glacial hochement de tête. Dan avait plongé la main dans sa sacoche pour en sortir une carte de visite, qu'il n'avait pu s'empêcher d'admirer avant de la poser sur l'accoudoir.

— Moi, c'est… Richard… Richard Tender !

— Ah bon ?

— Tender, comme « tendre »… en anglais.

La femme avait pris soin de ne pas saisir le petit carton, préférant feindre un intérêt pour le hublot à travers lequel on ne voyait strictement rien.

— Mais c'est pas mon vrai nom. C'est mon nom d'artiste. Ça m'a pris du temps à le trouver, mais je voulais qu'en additionnant les lettres de mon prénom et mon nom, ça fasse treize, comme Gérard Philipe l'a fait en ajoutant un *e* à « Philip ».

Elle l'avait alors toisé pour lui signifier que ça ne l'intéressait pas. Dan n'avait pas souhaité le voir.

— C'est que nous, les acteurs, on est des gens superstitieux.

— Et nous, les femmes mariées, on aime bien voyager tranquilles!

La belle passagère avait placé le dos de sa main sous le nez de Dan afin d'exposer, bien en évidence, son alliance. Dans une ultime plaisanterie, il avait formé de ses doigts un revolver et mimé qu'il se tirait une balle dans le front.

— Pan!

— Maintenant que vous êtes mort et que nous nous sommes tout dit, on va pouvoir vivre notre vie chacun de son côté, hein?

Il n'avait eu d'autre choix que d'acquiescer, envisageant même de s'excuser, avant d'opter pour l'idée d'évoquer un simple malentendu. Il aurait ainsi pu sauver la face, tant pis si elle ne l'avait pas cru. Cependant, il n'avait pas bronché car, à la vérité, il avait été vexé de la manière dont elle l'avait rembarré. Il n'y était pas habitué. Mais il avait voulu avoir le dernier mot sous couvert d'une dernière plaisanterie.

— En tout cas, si j'étais votre mari, j'éviterais de laisser voyager seule une aussi belle femme que vous!

— C'est gentil de vous inquiéter, mais je voyage toujours avec lui. D'ailleurs, le voilà.

Dan avait perdu sa morgue en constatant que l'homme, qui marchait derrière l'agente dans l'allée, mesurait quelques bons centimètres de plus que lui.

— Bonjour, je suis Monique Drolet, votre chef de cabine. Ce monsieur avec moi est le mari de madame, à côté de vous. Il se trouve que l'agence a dû faire une erreur lors de la réservation, et que même s'il avait commandé deux places en *Class Club*, il n'en a reçu qu'une. Nous sommes malheureusement pleins. Accepteriez-vous d'échanger vos sièges afin qu'il puisse voyager avec son épouse ?

Dan, sans même saluer celle qui il y a quelques instants encore semblait être sa seule préoccupation, s'était immédiatement levé pour s'enfuir vers l'avant de l'appareil. Au moment où il avait poussé le rideau qui le séparait de la classe affaires, elle s'était tournée vers lui tout en servant une flûte de champagne à un passager. Ça n'est pas la beauté de la jeune femme qui l'avait subjugué, mais son regard et cette fossette qui se creusait quand elle souriait. Il avait eu alors la certitude que ce n'était pas le hasard qui venait de les mettre l'un face à l'autre, mais le destin. Soudain inquiète de voir cet homme qui la fixait intensément, elle avait posé la main sur son bras.

— Vous êtes sûr que ça va, monsieur ?

QUELLE BELLE ÉQUIPE ON VA FAIRE!

9 h 15 – Trois-Rivières

Dans le bureau, rien n'a changé. L'affiche Re/Max est toujours face à lui. La contravention déchirée est dans la poubelle. Et sur le panneau, sa gueule de con avec sa moustache lui sourit bêtement. Tout a l'air pareil, mais rien n'est pareil. Il se frotte le visage pour tenter de s'extirper du cauchemar dans lequel il a plongé depuis ce matin. Mais rien n'y fait. La boule de feu, dans son ventre, ne cesse de le brûler. Il aurait tant besoin de Zoé. Elle aurait certainement trouvé les mots pour l'apaiser. Mais il faudrait tout lui raconter, tout lui avouer. Il le sait. Elle ne le lui pardonnerait pas. Il est seul, tout seul. À se méfier de tout le monde, il n'a aucun ami. Personne à qui se confier. Personne pour le conseiller.

Il est seul avec ce passé qui ne veut que le frapper, le faire souffrir. Le punir encore. À l'écran de l'ordinateur, toujours les mêmes mots qui attisent les braises qui brûlent en lui.

Pourquoi tu m'as fait ça, Richard?

Il place sa main devant lui. Elle tremble. À nouveau, il ferme les yeux. Se calmer. Reprendre ses esprits. Ne pas penser à se sauver. Chasser cette peur qui le tétanise. Il essaye de se concentrer sur sa vie, cette petite vie tranquille qu'il a réussi à reconstruire. Cette vie qu'il doit préserver à tout prix. Le rythme de son cœur n'a pas le temps de revenir à la normale qu'un *ding* annonce l'arrivée d'un autre message. Il sursaute comme si un nouveau tison venait de s'enfoncer dans son abdomen. Mais il faut se relever. Il faut faire front.

Tu te souviens de moi?

Bien entendu qu'il se souvient. Il n'a jamais pu oublier. Chaque matin, chaque jour, chaque soir, chaque semaine, chaque mois, chaque année depuis plus de vingt ans. C'est arrivé comme ça, un moment de faiblesse. Une mauvaise rencontre au mauvais endroit, au mauvais moment. S'il pouvait revenir en arrière pour que cette nuit finisse autrement, il le ferait. Là, tout de suite. Il recommencerait tout à zéro en ne montrant que le meilleur de lui-même. Parce qu'il y a du bon en lui.

Il en est capable. Un nouveau *ding* le fait encore sursauter.

J'aimerais te revoir.

Refuser d'affronter son passé serait mourir une nouvelle fois. Pas question d'abandonner Léo et Zoé. Ils n'y sont pour rien, et s'ils aiment l'homme qu'il est aujourd'hui, c'est bien parce que c'est le vrai Dan. Il pose ses doigts sur le clavier et se lance dans le vide.

Quand?

La réponse fuse.

Aujourd'hui!

Dan sent à nouveau son ventre brûler. Il ne doit pas laisser la peur prendre le dessus. Il le faut, Dan. Il le faut! Sois fort, c'est peut-être ta chance d'en finir et de mettre tout ça derrière toi, une bonne fois pour toutes.

Où?

Seize heures trente à l'aéroport Pierre-Elliott-Trudeau. Aux arrivées. J'arriverai par le vol 459 en provenance de Paris.

J'y serai.

À tout à l'heure, Richard.

Daniel Béland se lève et se redresse pour s'étirer autant qu'il le peut. Il a fait face à son passé. Enfin, il a osé. Il place sa main devant lui. Elle ne tremble plus. Un instant. Puis, peu à peu, elle échappe de nouveau à son contrôle. Il la plaque sur le bureau pour l'immobiliser. Il s'éponge le front, regarde l'écran, la pastille verte à côté du nom de Liette LD s'est éteinte. Il a besoin de se rasseoir. C'est maintenant tout son corps qui tremble.

Deux mois plus tôt – Paris

À la vue de l'homme qui venait d'apparaître dans la salle du bar-tabac L'Aubrac, Paul Lambert s'est dépêché de mâcher son morceau d'escalope à la crème et il a prié le stagiaire attablé en face de lui de libérer la chaise. Un jeune policier en civil s'y est assis. Après avoir déposé devant lui une pochette en plastique transparente, couverte de gouttes d'eau, contenant des photocopies couleur d'une photo de la broche rouillée, il a salué de la tête les deux étudiantes puis a serré la main du légiste.

— Putain, doc, il pleuvait des cordes. J'peux t'dire que le curé il a bouclé ça en deux minutes chrono. Bla bla bla, amen, bla bla bla, amen, une poignée de terre sur le cercueil, ramène... Et il s'est cassé en courant.

Les deux stagiaires se sont immédiatement arrêtées de ricaner quand leur mentor les a fusillées du regard, leur intimant de se contenter de prendre des notes en la fermant.

— Y'avait du monde?

— Pas un chat! Comme d'hab, t'avais le couple de vieux qui rate jamais un enterrement, trois voisines qui en fait ne savaient pas grand-chose, sauf qu'il ne voyait jamais personne. Il était poli, veuf depuis huit ans, pas d'enfants, jamais un problème avec personne. Ce genre de gars que tu remarques pas. Dans les fichiers, on n'a rien sur lui, pas une seule infraction au Code de la route. Il a toujours payé ses impôts rubis sur l'ongle. Un citoyen modèle, quoi.

Le médecin légiste a approuvé de la tête, puis sans un mot, a levé son verre vide pour que le barman le voie.

— Plus intéressant, y'avait aussi une de ses anciennes collègues de travail, sa secrétaire, qui doit aujourd'hui avoir soixante-dix ans... Jean Moreau était ingénieur qualité dans l'aéronautique. Il est jamais arrivé en retard de sa vie. Il est jamais parti plus tôt. Il a jamais été malade. Il a jamais fait grève. Il a toujours été gentil avec tout le monde. Il a jamais eu de promotion et il l'a jamais baisée.

— T'as pas demandé à cette vieille dame si elle avait baisé avec?

— J'ai pas eu à lui demander, doc, elle m'a juste dit que dans l'aéronautique y passaient leur temps à se sauter dessus au bureau, mais M. Moreau, lui, il s'envoyait pas en l'air pendant les heures de travail. Il a préféré faire ça chez lui. Comme un grand avec des pâtes. *Boum !*

Le jeune policier n'a pu se retenir de ricaner de son bon mot, entraînant avec lui les deux stagiaires. Paul Lambert, visiblement de mauvaise humeur, les a regardées d'un œil noir puis, sans même le remercier, il a saisi la bouteille de vin que venait de déposer le patron.

— Pas de famille ?

— Si, une nièce par alliance. Le notaire a dû un peu la chercher pour la retrouver et l'aviser qu'elle allait hériter d'environ deux cent mille euros. Elle doit avoir dans la quarantaine, prof de dessin dans un collège de Saint-Malo, genre artiste, on écoute les mouettes chanter en fumant du bon… lunettes rondes, henné, crinière bouclée… Un peu barrée… Mariée, quatre mômes… Elle a rien pu me dire sur lui car elle l'avait vu que quelques fois quand elle était enfant puis l'avait perdu de vue. Elle était vraiment chamboulée d'être la seule à figurer sur le testament. Elle en revenait pas qu'il se souvenait encore d'elle.

— Qui n'a pas rêvé d'hériter de deux cent mille euros d'un vieil oncle inconnu ?

— Elle est pas à l'argent… Ça se voit… Elle pleurait de pas avoir maintenu la relation de son vivant… Quand elle a su que j'étais flic, elle s'est mise à trembler…

— Intéressant.

— Elle tremblait pas de peur, doc. Elle a pas eu peur du tout… Elle était juste outrée qu'on puisse soupçonner son oncle.

Les deux hommes n'ont pas eu à se dévisager longtemps pour se convaincre qu'ils pensaient la même chose. Ils avaient un cadavre vieux de vingt ans dont ils n'avaient aucune idée de l'identité. Pas une seule disparition ne correspondait aux rares informations qu'avait livrées le corps, et l'appel dans la presse pour la broche n'avait absolument rien donné. L'unique individu qui aurait pu constituer un semblant de suspect possible, ou un témoin providentiel, gisait six pieds sous terre, défiguré par des macaronis. Les lieux de l'hypothétique crime avaient été soufflés par l'explosion. Pas besoin d'être un expert pour savoir que cette affaire, ils risquaient fort de ne jamais la résoudre.

Contrarié, le légiste a bu cul sec son verre de rouge avant de le remplir à nouveau. Il en a proposé au jeune policier. Les deux hommes ont trinqué, sans sourire. Paul Lambert dont l'éclat des yeux indiquait que l'alcool prenait peu à peu le

contrôle sur lui a posé sa main sur celle de son in-
terlocuteur.

— Des fois, j'ai l'impression que les corps ils me
parlent. J'ai des clients, ils ont pas de tête ou pas de
bras, mais je les aime parce que je sais que c'était
pas des crapules. Je ressens leur âme… C'est
comme cette petite… Elle était toute recroquevillée, la pauvre… C'est pas la première, mais j'ignore
pourquoi, celle-là elle m'a parlé… Comme si je la
sentais souffrir encore… Souvent, quand je suis à
mon bureau, je l'entends m'appeler pour me supplier de trouver l'enculé qui lui a fait ça… Elle gémit,
aussi, des fois…

Le jeune policier a fixé la bouteille de vin que
venait de saisir le légiste. À nouveau, les verres ont
été remplis.

— Qu'est-ce que je vais lui dire, moi, la prochaine fois que je vais l'entendre pleurer ?

Ce qu'on chuchotait était donc vrai. Paul
Lambert, légiste accompli, une sommité dans son
domaine, entretenait avec certains de ses clients
une étrange relation affective qui provoquait un
soudain et violent post-partum, que même l'alcool
ne pouvait endiguer, lorsqu'il constatait que l'assassin
risquait de courir longtemps, voire toujours. Le jeune
policier a saisi son verre vide pour trinquer avec le
médecin aux yeux si tristes en cherchant les mots

qui pourraient le réconforter. Mais il ne les a pas
trouvés. Les deux stagiaires ont sauté sur l'occasion.

— Monsieur Lambert, on va y aller, nous.

— Attendez, j'ai même pas fini mon assiette.
Puis faut qu'on débriefe, là.

— C'est qu'on a notre rapport de stage à finir.

— Ah, oui, c'est vrai, vous me quittez ce soir…

— Doc, moi aussi je vais y aller, je dois faire
mon rapport.

— Ah, toi aussi tu me laisses?

Seul à sa table, le médecin légiste Paul Lambert a regardé à travers la vitre ses deux étudiantes
disparaître d'un côté de la rue pendant que le jeune
policier filait de l'autre. Il a fixé son verre vide sans
avoir la force de le remplir. Soudain, il a sursauté,
quelqu'un lui parlait. Il s'est tourné à droite. À
gauche. Personne. Il a fermé les yeux pour mieux
entendre. Sa gorge s'est immédiatement nouée.
C'était bien elle qui l'appelait encore.

9 h 20, heure de Montréal – Roissy

Le Boeing 747 en provenance de Shanghai atterrit
à l'aéroport Roissy-Charles-de-Gaulle avec neuf
minutes de retard sur l'horaire prévu. Avant de
quitter l'appareil, le commandant signale dans le

livre de bord un problème de fausses alertes de dé-
pressurisation. Alors qu'un technicien entre dans le
cockpit pour tenter de comprendre ce qui a pu cau-
ser l'incident, l'avion se vide de ses passagers. Dans
un ballet bien huilé, au sol, les bagages sont sortis
de la soute, ainsi que le fret. Un agent descend de
sa voiturette pour fixer au pied de la passerelle un
panneau sur lequel est écrit 459 – YUL – Montréal,
la prochaine destination du monstre des airs.

À vingt-cinq kilomètres de là, sur la tablette
d'un siège du TGV, une main dessine au crayon,
sur la feuille quadrillée d'un carnet à spirale, le
paysage qui défile à travers la fenêtre, en tentant
par quelques coups de mine d'en restituer le mouvement. La femme rousse tend les bras pour éloi-
gner de ses yeux son croquis, rajuste ses lunettes
rondes et approuve. Elle inscrit l'heure et la date,
avant de signer P.LG. Puis, pensive, elle feuillette
les pages à l'envers, contemplant chacune d'elle,
jusqu'à la première. Sur celle-ci, quelques gouttes
d'eau ont délavé le trait. Au premier plan, une
tombe qu'un homme en imperméable, capuche
sur la tête, cigarette au bec, remplit de terre à l'aide
d'une grosse pelle sous une pluie diluvienne. La
scène est d'une immense tristesse, grise, lugubre.
Pauline Le Goff revoit ce jeune policier, trempé de
la tête aux pieds, l'aborder à la sortie du cimetière.

Il avait eu la gentillesse de ne lui laisser que très peu d'espoirs sur les chances de retrouver le coupable de ce qui ressemblait à un meurtre, pour la plonger dans un dilemme qui l'avait empêchée de dormir pendant des nuits. L'idée de profiter de cet héritage providentiel tout en sachant l'honneur de son oncle entaché lui était insupportable. Pas possible, non plus, d'en jouir s'il était souillé du sang d'un crime dont on pourrait le soupçonner. Persuadée de son innocence, mais voulant la prouver, elle avait annoncé à son mari qu'elle prendrait congé du collège pour entamer sa propre enquête. Il avait accueilli la nouvelle avec soulagement, l'encourageant dans cette démarche, afin d'en finir au plus vite. Non par cupidité – il n'avait pour l'argent guère plus d'intérêt qu'elle –, mais l'obsession de son épouse à ne parler que de son oncle perdu, de ces ossements trouvés, des macaronis, avait à la longue semé une tension dans leur couple. Même les enfants ne comprenaient pas pourquoi leur mère, d'habitude si disponible, volubile, toujours prête à la moindre folie, restait des heures enfoncée dans le divan à ne plus les entendre. Alors, ce matin, sur le quai de la gare de Saint-Malo, ses « cinq hommes » lui avaient souhaité un bon voyage au Canada. La mère de famille n'avait pu contenir les papillons dans son ventre quand le train s'était ébranlé pour l'emmener à Roissy. Elle, qui se croyait artiste jusqu'au bout des ongles, s'était découvert un talent insoupçonné pour enquêter. Peut-être qu'à force de dessiner, elle avait développé un sens de l'observation supérieur. Une attirance pour les détails qui lui avait permis de comprendre et remonter le fil de l'histoire pour que les pièces du puzzle s'emboîtent.

Dans les haut-parleurs du wagon, le chef du train annonce l'arrivée à l'aéroport Charles-de-Gaulle d'ici vingt minutes. Dans quelques heures, Pauline Le Goff, professeure d'arts plastiques au collège Robert-Surcouf de Saint-Malo, va confronter l'homme qu'elle croit coupable de la présence de ce corps dans le jardin de son oncle. Elle avait été surprise qu'il accepte si facilement ce rendez-vous, s'étant imaginé devoir le retrouver, le pister, interroger chaque habitant de la ville de Trois-Rivières, peut-être même le prendre en filature, comme dans les films. En décidant d'incarner la victime pour provoquer un choc émotionnel et obliger Daniel Béland à se montrer curieux, elle avait opté pour la bonne tactique. De peur qu'il lui intime de lâcher l'affaire pour la reprendre à son compte, elle avait choisi ne pas prévenir de ses avancées le jeune policier rencontré au cimetière. Ainsi, l'honneur de son oncle se laverait en famille. Convaincue que l'homme avait déjà tué, elle avait prévu de ne jamais se retrouver seule avec lui, nulle part, mais de rester au milieu des centaines de voyageurs qui convergeraient dans le hall des arrivées de l'aéroport. Là, elle ne risquerait rien. Elle n'aurait pas peur. Enfin, si tout se passait comme elle l'envisageait. Pour ne pas se perdre à trop y penser, elle tourne la page de son carnet. D'un trait précis, elle a agrandi et représenté sous tous les angles possibles la photo de la broche, celle que lui avait fait voir le policier. Tout était parti de là. Elle en avait consacré, des jours et des heures, à tenter de découvrir à qui elle avait bien pu appartenir.

Et la broche avait livré son secret.

9 h 50 – Trois-Rivières

Devant le cabanon, les cartons éventrés et vidés jonchent le sol. Quelques papiers volent. À l'intérieur, juchée sur un tabouret, ruisselante de sueur, Zoé extirpe un vieux magnétoscope Akai coincé au-dessus d'une imprimante à aiguilles. Elle saisit une des chaussettes de ski et l'époussette. Les particules flottent autour d'elle, maculant son visage. Elle ramasse sur l'établi une cassette VHS sur laquelle on a écrit : *Démo Richard Tender*. Elle repousse du pied la chaise qui lui bloque la sortie. Elle traverse le jardin et entre dans la maison par la porte de la cuisine. Dans le salon, elle branche le lecteur vidéo à la télévision, insère la cassette et presse *Play*. En lettres rondes mauves, s'inscrit *La chatte sur un toit brûlant*. Une seconde, elle redoute ce qu'elle risque de voir. Puis, à l'écran, Dan, vingt ans plus jeune. Sur la scène d'un théâtre, en pyjama, appuyé sur une béquille, il fait face à une femme allongée sur un lit d'hôpital.

« J'attendais comme quand on pose une question et qu'on attend que quelqu'un réponde, mais on ne pose pas la bonne question, ou bien on ne la pose pas à la bonne personne, et la réponse ne vient pas. Est-ce que tout s'arrête parce que la réponse ne vient pas ? Non, tout continue. Et puis… »

Gros plan sur le visage de Dan, outrageusement maquillé. L'écran redevient noir, et en lettres orange, cette fois, on annonce *La cantatrice chauve*. Dan est encore face à une femme.

« Comme c'est bizarre, curieux, étrange ! Alors, madame, nous habitons dans la même chambre et nous dormons dans le même lit. C'est peut-être là que nous nous sommes rencontrés ?

« — Comme c'est curieux et quelle coïncidence ! C'est bien possible que nous nous y soyons rencontrés, et peut-être même la nuit dernière. Mais je ne m'en souviens pas, cher monsieur. »

Zoé en a trop entendu. Puis l'accent français qu'a pris Dan, elle le déteste. Elle appuie sur la touche d'avance rapide du lecteur de cassettes jusqu'à la prochaine séquence, une publicité du Swimming pour le Nouvel An. Dan en est la vedette. Au bar, des femmes l'entourent. Sur la piste de danse, des femmes se collent à lui. À la table de billard, des femmes n'en ont que pour ses conseils et n'hésitent pas à se cambrer pour attirer son attention. Sans prendre le temps de presser sur *Stop*, Zoé arrache le magnétoscope de ses fils. Une colère sourde gronde en elle. Ses oreilles bourdonnent. Dan a été acteur. Elle l'ignorait. Il ne le lui avait jamais dit. Comme le voyage en France. C'est un menteur. On croit le connaître mais on ne sait rien. Il lui joue dans la face. Ses sourires, ses grandes phrases, rien n'est de lui. C'est un rôle. Un rôle de gentil qu'il exécute à merveille. Il n'a fait que lui réciter un texte pour mieux l'amadouer. Pour mieux l'attacher. Pour la tromper. La salir. La trahir.

— Salaud !

Dans le jardin, elle prend son élan et, folle de rage, vise une des parois du cabanon pour y lancer de toutes ses forces le magnétoscope. Il se brise en deux morceaux. La jeune femme observe les débris, pouffe, puis est prise d'un rire nerveux. Elle a besoin de s'asseoir pour se tenir le ventre. Le rire s'estompe. Elle se force à continuer. Jusqu'à se vider. Elle avance à quatre pattes et saisit le couvercle de plastique de l'appareil. Elle y décroche le petit carton imprimé qui y était collé. C'est une carte d'embarquement d'un vol Canada 3000 entre Montréal et Paris en date du 12 septembre 1992. Au dos, l'écriture de Dan : *Liette, Hôtel des Ducs, 12ᵉ arrondissement.*

13 septembre 1992 – Paris

Du coin de la rue, Dan épiait l'entrée de l'Hôtel des Ducs, situé à une centaine de mètres de là. À la vue des cinq femmes qui sortaient dans un grand éclat de rire, cheveux détachés, portant robes et pantalons disparates, il avait baissé la visière de sa casquette et mis ses lunettes de soleil. Quand elles étaient passées devant lui, il s'était détourné, mais aucune ne l'avait regardé, toutes concentrées à écouter Monique, la chef de cabine, fixer le programme de la journée.

— On commence par la Samaritaine, après on file au Bon Marché et on se finit au pub Saint-Germain. Ensuite, les vieilles rentrent et pour les plus jeunes, c'est chacune pour soi !

Il était bientôt 14 heures et elle n'était toujours pas apparue. Si le compte était exact, il ne restait plus qu'elle de l'équipage à ne pas avoir quitté l'établissement. L'inquiétude le gagnait, car plus tôt il s'était absenté une dizaine de minutes pour aller au café du coin avaler un expresso et un sandwich. Il n'avait pas fermé l'œil dans l'avion et n'avait pris que le temps de se doucher et se changer dans son hôtel. Il attendrait ici encore une demi-heure et après il abandonnerait. Pour patienter, Dan avait fait les cent pas. Ce trottoir, il le connaissait maintenant par cœur et pouvait même éviter de marcher dans les merdes de chien qui le tapissaient, les yeux fermés.

Trente minutes plus tard, elle n'était toujours pas sortie. Le moment était venu de rentrer, de dormir et de ne plus se concentrer que sur son rendez-vous de demain avec Claude Sautet. Pour se donner une dernière chance, il s'était dirigé vers l'hôtel. Si le hasard devait s'en mêler, elle jaillirait à l'instant où il passerait. Mais personne n'était apparu. En longeant la grande porte vitrée, il avait tourné la tête. Une femme de ménage terminait de la nettoyer à l'aide d'un chiffon. Quand elle s'était écartée, Dan s'était arrêté net. Derrière le verre immaculé, la jeune agente était là, magnifique, portant une jupe à fleurs et une veste en jean. Devant le comptoir, penchée sur un plan de Paris, l'appareil photo Polaroïd à ses côtés, elle écoutait attentivement les consignes du réceptionniste. Sentant le regard posé sur elle, elle s'était tournée. Dan lui avait fait signe de la main. Elle avait grimacé, inquiète qu'un homme arborant une casquette et des lunettes de soleil tente d'attirer son attention. Il n'avait eu qu'à les ôter pour qu'elle se détende et pousse la porte.

— Mais qu'est-ce que vous faites là?

— Je me baladais dans le coin… Puis je me suis souvenu avoir entendu pendant que vous parliez à vos collègues dans l'avion que vous descendiez ici, alors je suis passé en me disant, on sait jamais, si elle est là, elle voudra peut-être se promener un peu dans Paris avec moi?

— Donc, je suppose que vous avez aussi entendu que j'avais prévu de visiter Paris et que mes collègues, elles, préféraient magasiner?

Dan avait pris un air faussement contrit et avait baissé la tête en regardant ses pieds. Comme un enfant. Liette avait esquissé une moue, ne pouvant cacher qu'elle appréciait son audace. Mais la défiance était vite revenue. Le remarquant, et ne voulant pas la perdre, il avait sorti de sa poche une carte de visite qu'il lui avait tendue.

—C'est écrit Richard Tender, mais mon vrai nom, c'est Daniel Béland. Tout le monde m'appelle Dan. L'adresse, c'est celle de mon agent à Montréal. Je suis à l'agence Premier Rôle, la meilleure. Je suis acteur et demain je vais rencontrer un des plus grands réalisateurs français pour un grand rôle. Le rôle de ma vie !

Elle avait posé ses yeux sur la carte pour la lire attentivement. Même si elle connaissait son vrai nom, qui correspondait à celui qu'elle avait lu sur la liste des passagers, il restait tout de même un inconnu. Son père lui avait toujours dit de ne jamais suivre un inconnu. Aujourd'hui encore, à son âge, il le lui répétait. Mais l'idée de visiter Paris toute seule n'était peut-être guère plus prudente. Maxime, le gentil réceptionniste, avait entouré de rouge les quartiers qu'il valait mieux éviter et, tout comme son père, il lui avait conseillé de se déplacer en bus si elle ne pouvait se payer de taxi. De plus, elle n'avait jamais voyagé seule, toujours avec ses parents. La solitude loin de chez elle, déjà elle ne l'aimait pas. Le jeune homme qui lui faisait face était poli, son regard était franc et il n'était pas laid du tout. Dans l'avion, elle l'avait remarqué.

—Et vous faisiez quoi dans le coin pour passer par hasard devant mon hôtel ?

— Bah, je visitais le quartier.

Elle l'avait dévisagé avec malice puis s'était avancée pour enfoncer son index dans sa poitrine afin de faire mine de vouloir le repousser.

— Comme dirait mon père, vous êtes un menteur. Mais comme vous mentez bien mal, je vais avoir la gentillesse de vous croire.

— Vous allez voir, on va passer une magnifique journée !

— Oui, mais je vous préviens, je rentre avant la nuit.

Il avait levé le bras pour le jurer et avait commencé à marcher. Elle avait hésité quelques secondes encore puis l'avait suivi. À peine avaient-ils fait une trentaine de mètres qu'une voix puissante avait résonné dans la rue.

— Mademoiselle, vous avez oublié votre appareil photo ! Ne bougez pas, j'envoie Ludmilla vous l'apporter.

La femme de ménage avait alors surgi pour courir jusqu'à Liette.

— Oh, merci, Ludmilla.

Quand Dan avait sorti un billet de dix francs pour le tendre à l'employée essoufflée, celle-ci s'était immédiatement renfrognée avant de marmonner avec un terrible accent de l'Est.

— Moi, jamais argent demander !

Liette avait serré le Polaroïd contre elle et regardé Dan comme si elle venait d'échapper au pire des cataclysmes.

— Si j'avais dû dire à mon père que je l'avais perdu, il m'aurait tuée !

9 h 55, heure de Montréal – Région parisienne

Le TGV va bientôt entrer en gare. Au loin, dans le ciel bleu, des avions décollent. D'autres atterrissent. Encore vingt minutes avant d'arriver à Roissy. Dans le carnet toujours ouvert devant elle, Pauline Le Goff a les yeux posés sur une reproduction du chantier de gravats où jadis trônait la petite maison de son oncle, dans cette rue tranquille d'Aubervilliers. Sur l'autre page, en regard, du même angle, la bâtisse modeste du haut de ses deux étages, telle qu'elle se dressait il y a plus de vingt ans. Un muret sur lequel sont plantés des barreaux la sépare du trottoir. Une porte en fer forgé donne sur trois marches qui mènent au palier de l'entrée. Sur le côté, deux grands battants, et une allée en gravier face au garage qu'elle avait réussi à dessiner telle qu'elle était vingt ans plus tôt. Ce tour de force a été rendu possible grâce au témoignage de la voisine, rencontrée au cimetière, celle-là même qui avait vu la canne de Jean Moreau atterrir dans son salon à la suite de l'explosion.

— Je suis certaine de la date car c'est l'année où la boulangère et son mari ont divorcé quand il a su qu'elle avait un amant. Une femme toujours gentille, souriante, qui donnait des petits bonbons aux enfants en sortant de la messe. Franchement, qui aurait pu imaginer ça ? Quand ils ont divorcé, ils ont fermé la boulangerie et l'ont mise en vente. Je me souviens que les deux ouvriers qui construisaient le garage de M. Moreau, paix à son âme, ils me demandaient chaque jour si je pouvais leur prendre du pain au boulanger de la gare quand j'allais chercher ma fille à l'école au début de sa première année au collège car elle avait peur des grands. C'était en septembre. Oui, en septembre mille neuf cent quatre-vingt-douze parce qu'après ça ma fille, elle a découvert les garçons et elle a plus jamais voulu que je l'accompagne à l'école !

Les jours suivants, l'apprentie enquêteuse les a passés à arpenter le quartier, histoire de le sentir, de le comprendre, de se plonger dans les lieux du drame. Régulièrement, elle a pris ses pauses dans différents petits bistrots, allant de client en client avec ses dessins de la broche. Ceux qui ne lui ont pas ri au nez en lui demandant pour qui elle se prenait n'avaient aucune réponse à lui donner. Alors, elle s'asseyait et regardait par la fenêtre en tentant d'échafauder les hypothèses ou théories les plus tortueuses. Un matin, elle a compris que jamais elle n'avait pensé à ce qui était évident. Quand on ne sait pas, on imagine obligatoirement que tout doit être imbriqué de manière compliquée. On réfléchit trop. Il a suffi qu'elle voie deux femmes sortir de la pharmacie en courant pour se convaincre qu'elle avait été en dessous de tout. Dans la vie, la chance, il ne faut jamais l'attendre, mais l'attraper si elle passe. Comme dans un film, elle est partie à la poursuite des deux hôtesses de l'air. Plus jeunes, mais surtout beaucoup moins enrobées, elles semblaient voler sur leurs mocassins, mais Pauline Le Goff ne les a jamais perdues de vue. Quand elles ont rejoint leurs consœurs accompagnées de deux hommes portant casquette, certainement le commandant et son copilote, qui sortaient d'un hôtel pour s'engouffrer dans un minibus, la mère de famille a eu le pressentiment, non, la certitude, d'être au bon endroit.

À la réception, un homme chauve, la soixantaine efféminée, a accueilli Pauline Le Goff avec scepticisme tant il était rare dans son établissement de voir entrer des clients rougeauds, en sueur, les cheveux collés sur le front, un carnet de dessin à la main, et ayant besoin de s'affaler sur le comptoir pour revenir à eux. Souffle repris, elle a rajusté ses lunettes rondes.

— Ça fait longtemps que des hôtesses de l'air descendent ici?

L'homme a regardé la femme comme si elle venait de débarquer d'une planète inconnue à ce jour, donc très lointaine.

— Madame, cela fait plus de trente ans que les compagnies du monde entier font confiance à nos services!

Pauline Le Goff a serré le poing pour crier victoire et ouvert son carnet sur les dessins de la broche.

— Ça vous dit quelque chose, ça?

L'homme a rapidement posé les yeux sur les croquis et les a relevés pour longuement dévisager la femme qui semblait ne plus respirer, dans l'attente de sa réponse.

— Oui, ça me dit bien plus que quelque chose, mais j'aimerais d'abord savoir qui vous êtes. Ici, c'est un hôtel, pas une centrale de renseignements. Nous avons une réputation de confidentialité, vous comprenez.

Pauline Le Goff a tout raconté. L'accident fatal de son oncle, son mari, ses enfants, ses élèves, la lettre du notaire, l'héritage, le cimetière, le jeune policier… pour conclure sur la mission qu'elle s'était assignée. La défiance de l'homme a soudain fait place à une rafraîchissante bonhomie. Et là, il a tout dit.

— Ah, qu'est-ce qu'on les aimait, elles, avec leur drôle d'accent. Toujours souriantes, toujours de bonne humeur avec leur « Bon matin ! » Toutes à se tutoyer, même le commandant de bord. Puis polies avec ça, des gens bien. Pas comme les Kazakhs ou tous ceux qui viennent des compagnies de l'est de l'Europe… Des bêtes qui boivent, forniquent et savent pas se tenir.

— Donc, vous reconnaissez la broche ?

— Oui, madame ! Je peux même reconnaître les uniformes et autres breloques de toutes les compagnies au monde. Cette broche était portée par les hôtesses de Canada 3000. Un simple avion, sans logo, sans texte, j'ai toujours beaucoup aimé les rondeurs dans le design. Par contre, je ne sais pas qui était leur designer, mais leurs uniformes étaient épouvantables. Elles faisaient vraiment mémères avec leurs vestes en vichy à carreaux, leur jupe sous le genou. On peut pas dire que ça les rajeunissait, quoi. Malheureusement pour nous, ils ont fait faillite au début des années 2000. Ils nous ont laissé une belle petite ardoise, mais que voulez-vous, c'est la vie. L'argent, ça va, ça vient…

Si dans l'art de l'enquête, l'enseignante en arts plastiques fourbissait ses premières armes, dans la

lecture du genre humain, elle avait vu passer tellement d'énergumènes dans ses classes qu'il lui suffi-
sait de quelques échanges pour savoir à qui elle
avait à faire. Le réceptionniste était de ces hommes
qu'on ne remarque pas, qu'on ne salue pas et re-
mercie rarement, mais qui se plieront en quatre
pour vous si vous leur accordez un brin d'attention.

— Moi, c'est Pauline, comme dans *Pauline à la
plage*.

— Moi, c'est Maxime, comme... euh... dans...
« Maxime, je pourrais avoir la clé de la dix-neuf ? »

Elle l'a immédiatement apprécié.

— Vous travaillez ici depuis longtemps, Maxime ?

— Depuis toujours, je suis le plus ancien. J'ai
été embauché le jour de l'ouverture.

Ravi que la femme lui faisant face soit venue
jusqu'à lui pour l'entendre, il s'était penché pour
lui souffler à l'oreille.

— Ici, je vois tout, je sais tout, j'entends tout.

— Quelle belle équipe on va faire !

QUEL MAUVAIS ACTEUR !

10 h 05 – Trois-Rivières

L'ordinateur est en veille. Des photos de Zoé et Léo traversent l'écran. Dan ne peut pas rester ici, enfermé. Son corps ne cesse de trembler, son ventre de le brûler. Il lui faut s'oxygéner pour se détendre. Peut-être prendre un bain pour relaxer. Mauvaise idée, si jamais Zoé revenait à l'improviste, elle comprendrait tout de suite que quelque chose ne va pas. Il ne prend jamais de bain. Le mieux est de partir pour Montréal. Il s'arrêtera pour manger le long du fleuve. Rien ne l'apaise plus que de regarder le Saint-Laurent couler. Il peut rester des heures à fixer l'eau, ça l'aide à réfléchir quand tout s'embrouille dans sa tête. Il vérifie que rien ne traîne sur son bureau et il sort. Dans le hall, il accélère le pas. À sa vue, la réceptionniste agite une chemise Re/Max.

— Hey, Magnum, je t'ai pris rendez-vous avec les Mercier dans trente minutes pour deux visites. Et comme ils n'ont pas de voiture, ils demandent que t'ailles les chercher.

Et là, tout explose. Il se jette sur le comptoir et attrape fermement la femme par le cou pour l'approcher de son visage.

— Ma tabarnac! Si tu m'appelles encore une fois Magnum, ta chemise, je la roule et je te la rentre dans ton gros cul de vache! Compris?

Hébétée, la réceptionniste fixe Dan, qui approche maintenant son nez du sien, jusqu'à ce qu'ils se frôlent.

— Compris?

La femme n'émet aucun son, ne fait aucun geste. Elle semble ne plus respirer. Il la relâche. Elle hurle. Deux courtiers sortent de leur bureau. L'un d'eux va porter assistance à la réceptionniste, en plein choc nerveux. L'autre s'avance et tente de bloquer la sortie à Dan.

— Pars pas, je pense qu'il faut qu'on se parle, là.

— C'est toi qui vas m'empêcher de sortir?

Poings serrés, Dan s'approche de l'homme, qui recule immédiatement pour lui laisser le passage.

Dans le stationnement, il court jusqu'à son Cherokee et démarre en trombe.

Jusqu'à se perdre à l'horizon, sous un soleil de
plomb, majestueux, s'écoule le Saint-Laurent. Le
VUS a quitté la 40 il y a une trentaine de minutes
pour bifurquer sur la route qui longe le fleuve en
direction de Lavaltrie. Assis dans l'herbe, Dan ne
tremble plus et a réussi à ralentir les battements
de son cœur en les accordant au rythme lancinant
du courant. Pour ressentir la relative fraîcheur des
flots, il a déboutonné sa chemise. L'agence Re/Max
a déjà appelé trois fois sans qu'il ne décroche. Demain, il n'aura plus de job. Une plainte sera certainement déposée contre lui. Pas de quoi s'inquiéter.
Il n'y avait pas de témoin, pas de caméra. Depuis
six ans qu'il est revenu au Québec, mis à part ce
matin, il n'a jamais reçu de contravention, et personne ne pourra nier que la réceptionniste, sous
couvert d'être la femme du directeur, en mène
large et rend la vie dure à ses têtes de Turc. Il n'aura
qu'à prétendre que c'est elle qui l'a agressé après
l'avoir harcelé à travers la fenêtre, plus tôt. Ça sera
parole contre parole. Il sortira ses états de service
en Afrique, toutes les lettres de recommandation
des diverses organisations humanitaires, et il y ajoutera les témoignages de son voisinage, qui saluera
l'homme dévoué qu'il est. Puis, Zoé fera le reste.

Même le juge le plus sévère ne pourra que fondre quand il l'entendra décrire le compagnon merveilleux qu'il est.

Dan se lève et s'accroupit sur la rive pour se rafraîchir de l'eau du fleuve. Il se sent mieux, presque bien. Il lui faut reprendre le cours des événements de la journée et y repenser car plusieurs choses ne collent pas. Tout est allé si vite qu'il n'a fait que réagir, sans réfléchir. La personne qui lui a donné rendez-vous n'est pas Liette. À Paris, jamais elle ne l'avait appelé Richard, toujours Daniel ou Dan. Puis, au Québec, personne ne parle de l'Aéroport Pierre-Elliott-Trudeau. On dit Dorval. Ça n'est donc pas quelqu'un d'ici, mais certainement quelqu'un qui vient de France. Ça ne peut pas être la police. Elle ne fait pas de convocations sur les réseaux sociaux et aucun agent français ne viendrait l'interroger de cette manière, ou se hasarderait à le faire. Donc, qui? Un détective? Possible. Mais qui irait en embaucher un, alors que pour ce genre d'affaires la police pourrait facilement faire le travail? Et puis, un professionnel ne l'aurait pas abordé de la sorte. Il n'aurait pas pris le risque qu'il ne réponde pas, ferme son compte Facebook ou refuse le rendez-vous et ainsi l'avertir que quelqu'un enquête sur cette affaire, donc sur lui. Qui a pu abattre si vite son jeu? Un témoin? Il n'y en avait pas. Un maître chanteur? Peut-être, mais il n'y croit pas. Les maîtres chanteurs se cachent. C'est donc une personne qu'il n'imagine pas mais qui lui veut du mal. Mais personne ne lui fera du mal. Ça serait en faire à Zoé et Léo. C'est tout ce qu'il possède, la seule chose qu'il a pu reconstruire. C'est un jeu dangereux de s'en prendre à eux, car il se mettra en travers pour les défendre. Jusqu'à tuer? La réponse, il la connaît. Oui, jusqu'à tuer. Dan replonge les mains dans l'eau pour se rafraîchir encore. Pas la peine de partir tout de suite pour Montréal. Il va rester un long moment ici. Ensuite, il s'arrêtera pour manger quelque part sur la route. Une fois rendu dans la grande ville, il se posera au parc La Fontaine, histoire de ne pas arriver trop tôt à l'aéroport et risquer d'y être repéré. Car, à partir de maintenant, il n'a plus le droit à l'erreur.

13 septembre 1992 – Paris

Avant que le doigt ne presse le déclencheur, sans prévenir, Dan s'était collé à Liette pour l'enlacer. Surprise, elle avait sursauté. Le flash avait immortalisé l'instant, puis le Polaroïd avait recraché la photo. La jeune femme s'était détachée pour reprendre son appareil des mains du touriste japonais

qui avait continué sa marche sur la rue de Tour-
non, en direction de Saint-Germain-des-Prés. Les
deux Québécois s'étaient rapprochés pour voir
l'image apparaître. Dan avait reposé la paume sur
son épaule. Liette n'avait pas protesté contre ce
nouvel élan d'affection, prétendument amical,
mais s'était discrètement défaite de cette douce
emprise en feignant ne pas vouloir lui montrer la
photo. Elle s'était adossée à la lourde porte du 17. Il
en avait fait de même jusqu'à ce qu'ils puissent se
distinguer sur l'image.

— Tiens, celle-là, elle est pour toi, cadeau !

Dan avait contemplé le cliché qui le touchait
tant.

— Tu te rends compte que Gérard Philipe, tous
les jours, il passait ici ? On a les pieds exactement
où il mettait les siens. Cette rue, c'était la sienne.
J'en reviens juste pas. Allez, viens, on va au Luxembourg voir où il amenait jouer ses enfants ! Pis j'en
profiterai pour repérer l'endroit, comme on risque
de tourner là-bas.

Sans rechigner, elle lui avait emboîté le pas
pour marcher vers le Sénat, direction le jardin du
Luxembourg, leur prochaine escale. Il avait tendu
son bras afin qu'elle y passe le sien, et sans un mot
ils avaient déambulé sous le soleil couchant, que
des premiers nuages commençaient à recouvrir. Au

fil du long et merveilleux après-midi, elle avait découvert un homme de très bonne compagnie. Daniel Béland était drôle, enflammé, attentionné, un peu collant, mais la passion pour son futur métier avait fini par être contagieuse. Elle qui ignorait ce matin même l'existence de Gérard Philipe avait dévoré cette visite de Paris à travers les grands moments de sa vie. Mais son cavalier ne s'était pas contenté de parler de lui. Il l'avait écoutée et d'abord menée là où elle le souhaitait.

Juste après leur rencontre plus tôt devant son hôtel, il avait hélé un taxi pour qu'elle puisse admirer la ville, en route vers Notre-Dame. Il avait insisté pour lui offrir la course car, aujourd'hui, elle serait son invitée.

— Le métro, c'est pas cher, c'est pratique, mais on voit rien ! Puis essaye pas de protester, agente de bord, ça doit pas payer tant que ça.

Devant la grande cathédrale, au milieu d'autres touristes qui s'étaient arrêtés pour regarder la scène, elle n'avait pas cillé de peur de ne rien comprendre à l'histoire de cet enfant abandonné à quatre ans par ses parents à cause de sa laideur et de ses déformations physiques. Elle s'était prêtée au jeu et avait minaudé au moment où Dan l'avait pointée pour décrire la beauté d'Esmeralda. Elle avait hurlé de rire quand il l'avait portée dans ses bras jusqu'aux immenses portes du monument pour la sauver avant d'essuyer ses yeux embués quand il avait mimé la mort de Quasimodo, couché sur le parvis, auprès du corps inerte de sa fictive bien-aimée. C'est à ce moment-là que Liette avait ressenti une attirance pour cet homme. Pas une attirance sexuelle, il devrait attendre jusqu'au mariage si elle devait croire sa mère, mais un attrait pour l'être qui, bien qu'extraverti, semblait démontrer des attentions sincères à son égard.

— Tu viendras à la première ?

— Peut-être, si je trouve une robe à me mettre.

— Si tu me laisses la choisir, je te l'offrirai.

— Rêve pas trop, je déteste qu'on voie mes genoux !

C'est elle qui avait passé la main sous son bras pour quitter le Luxembourg après avoir fait des tours sur le manège de chevaux de bois, regardé les bateaux dans le bassin et contemplé les jardins du Sénat. Sur le boulevard Saint-Michel, à la nuit tombante, après avoir repéré où se situait l'appartement de Claude Sautet, ils avaient partagé un cornet de marrons chauds. Plus bas, la jeune femme s'était ruinée pour offrir à sa mère un magnifique pull en alpaga, un Daniel Hechter, et à son père une pipe en bruyère de Saint-Claude, une Butz Choquin. La Rolls. Chez les bouquinistes, le long des quais de

Seine, Dan avait longuement fouiné avant de dénicher une édition du début du XIXᵉ siècle du *Prince
de Hombourg*. Sans en regarder le prix, il l'avait
voulu. Le vendeur avait pris soin d'envelopper
l'achat dans un sac plastique, car des gouttes de
pluie commençaient à tomber. De sa veste, il avait
recouvert les cheveux de Liette pour la protéger.

— Maintenant, on va souper. Je t'invite !

— T'es fou, Dan ! Puis, j'avais promis à mon père
de rentrer avant la nuit. Pis, regarde, il fait déjà
nuit !

Le jeune homme n'avait pas eu à beaucoup
insister pour la convaincre de prolonger la soirée,
parce qu'elle aussi ne voulait pas que si bon moment
se termine.

— Liette, je suis là, qu'est-ce qu'il peut t'arriver ?

Au restaurant, ils avaient partagé une immense
assiette de fruits de mer accompagnée de vin blanc.
Ils s'étaient confiés l'un à l'autre. Elle, fille unique
d'une famille modeste aux strictes valeurs, avait évo-
qué ses parents aimants, oui, mais tellement enva-
hissant et tellement vieux jeu. Elle avait ri de se
prénommer Liette, comme sa grand-mère, un héritage si dur à porter aujourd'hui.

— Et en plus, y'a pas de diminutif à Liette.

Ça n'était pas un hasard, d'après elle, si elle avait
voulu faire ce métier. Pas une envie de s'échapper,

mais certainement de prendre de la distance. Lui,
avait raconté cette mère volage et ces beaux-pères
qui s'étaient succédé, amenant avec eux leur cohorte
de demi-frères et demi-sœurs jusqu'à la fuite de la
Rive-Sud pour Montréal. Cette passion qui l'avait
sauvé, le théâtre, cet endroit magique où on peut
être quelqu'un d'autre. Il n'avait pas menti sur sa réalité. Le Swimming et les pubs ringardes avant que la
chance ne cogne un jour à sa porte et qu'il se retrouve à Paris. Liette avait pleuré de rire quand il lui
avait conté les déboires de l'assistante dentaire partie
chercher l'amour au Québec, puis elle avait tenu à
offrir de son dernier billet la seconde bouteille de
vin, du rouge. Sans qu'aucun ne le propose, ils
avaient levé leur verre pour trinquer à leur célibat
respectif. Ils n'avaient pas eu à ajouter un seul mot,
tant tous deux partageaient la certitude de vivre le
début d'une belle histoire, la leur. Sans la quitter des
yeux, Dan s'était penché pour approcher son visage
jusqu'à ce que leurs lèvres se touchent. Elle n'avait
pas reculé. Dans le restaurant désormais vide,
comme dans un film qui se finit bien, tout au long
du baiser, les lumières s'étaient lentement éteintes.
En les rallumant, le patron avait crié.

— Ben, dis donc, vous en avez mis du temps,
tous les deux… Mais va falloir terminer ailleurs
parce que moi je ferme, maintenant !

10 h 25, heure de Montréal – Roissy

Au bout de la piste, le Boeing 747 s'immobilise. Les compartiments à bagages au-dessus des sièges vibrent plus fort quand le vrombissement des réacteurs, poussés à pleine puissance, résonne dans la cabine. Pauline Le Goff serre les mâchoires en même temps qu'elle agrippe les accoudoirs. C'est le moment qu'elle redoute, tout comme elle redoutera l'atterrissage. Sans ciller, elle fixe l'hôtesse assise face à elle sur le strapontin réservé à l'équipage, près d'une des issues de secours. La femme en uniforme, après lui avoir gentiment souri, l'abandonne pour se consacrer à l'un de ses ongles, semble-t-il abîmé. Ce geste anodin rassure immédiatement la passagère, qui se détend jusqu'à en lâcher les accoudoirs. C'est la professeure de mathématiques de son collège qui, après lui avoir indiqué que la probabilité de gagner au Loto était beaucoup plus grande que celle de mourir en avion, lui avait recommandé cet infaillible remède au cas où la peur persisterait.

— Si tu vois que les hôtesses de l'air sont pas inquiètes, t'as pas à t'inquiéter.

Le Boeing atteint son altitude de croisière. Un *ding* libère les passagers pressés de se bousculer à la porte des toilettes. À travers le hublot, Pauline Le Goff regarde les côtes normandes disparaître pour n'offrir comme paysage que le bleu de l'Atlantique. Elle sort de son sac le carnet qu'elle ouvre sur un croquis de la façade de l'Hôtel des Ducs, puis de sa réception, d'un couloir et d'une chambre, sous différents angles. À la page suivante, un portrait de Maxime, le concierge, derrière son comptoir.

— Ça va mieux, maintenant ?

Pauline se tourne vers l'hôtesse, qui derrière son trolley lui sourit en présentant de la main son assortiment de rafraîchissements.

— Eau ? Vin ? Soda ? Café ? Thé ?

— De l'eau, s'il vous plaît.

L'agente de bord ouvre une bouteille d'Évian et remplit un gobelet en plastique, qu'elle dépose sur la tablette. Au passage, Pauline remarque que ses ongles sont en parfait état. Au décollage, la femme avait fait mine de s'en soucier pour la rassurer d'un geste bénin, l'un de ceux que jamais on ne commettrait si on se sentait en danger.

— Autre chose ?

— Non, mais merci de ce que vous avez fait pour moi.

L'hôtesse sourit et se tourne vers le passager à ses côtés, un homme qui semble immédiatement happé par son charme. Le *ding* retentit. À nouveau, il faut boucler les ceintures. Une première turbulence secoue l'appareil. L'agente de bord se penche au-dessus de Pauline, qui a déjà planté ses ongles dans les accoudoirs.

— Vous allez les abîmer si vous faites ça… Détendez-vous.

Elle pointe le portrait de Maxime sur le carnet.

— Je sais pas qui c'est, lui, mais il a une bonne tête !

Les murs luisants de béton gris suintaient sur les pièges à rats rouillés. Les caves de l'Hôtel des Ducs renvoyaient à un autre siècle. C'est en ce lieu sordide que le personnel administratif avait stocké, ou plutôt déversé les archives de l'établissement, avant que les disques durs des ordinateurs n'en deviennent le seul cimetière. Lampe en main pour ouvrir le chemin et trouver les interrupteurs crasseux, cachés derrière les piles de boîtes en carton, Maxime avait perdu de sa superbe, mais en homme bien élevé, il avait tenu à passer devant Pauline.

— J'ai honte de vous faire voir ça, que voulez-vous, cela fait dix ans que l'on se dit qu'il nous faut vider ce gourbi, mais comme on est ouvert trois cent soixante-cinq jours par an, c'est jamais le moment. Je sais vraiment pas comment vous allez vous en sortir dans ce bordel.

— J'ai quatre garçons, dont deux ados, à la maison, alors croyez-moi, le bordel, ça me connaît.

Le rire du réceptionniste avait résonné entre les murs. Il s'était de suite attaché à cette mère de famille un peu cinglée, et son histoire abracadabrante. Il lui avait confié qu'il pensait peu plausible qu'une hôtesse ait disparu de son établissement sans que personne ne le remarque, mais elle avait insisté, jusqu'à ce qu'il cède.

— Je vous préviens, ne vous faites pas d'illusion. Ici, mis à part le chef comptable, à l'administration, ils sont tous payés au salaire minimum. Alors, ne comptez pas trouver les dossiers triés et classés. Normalement, la boîte de septembre 1992 est quelque part, mais elle pourrait très bien être aussi nulle part. Bonne chance, quoi!

Le lendemain, Pauline Le Goff était apparue vêtue d'un bleu de travail, la tête recouverte d'un casque de chantier muni d'une lampe frontale, certains empilements brinquebalants ayant tout de même inquiété l'apprentie détective. Elle était restée des jours dans les entrailles de l'hôtel à rechercher le carton qui l'intéressait. Elle ne ressortait que pour avaler le sandwich préparé par Maxime ou pour faire quelques pas afin de se dégourdir les jambes.

— Pauline, excusez-moi de vous dire cela, mais pourriez-vous marcher plus loin, vos effluves se rendent jusqu'à la réception…

Elle s'était parfois découragée mais n'avait jamais lâché, et c'est, bien entendu, en soulevant le dernier carton de la dernière pile dans le coin le plus sombre et lugubre de la cave qu'elle avait hurlé.

— Je l'ai !

Mais la joie avait été de courte durée.

— Y'a presque aucun nom sur vos listings !

— C'est normal, Pauline, les compagnies réservaient un nombre de chambres à l'année pour les rotations quotidiennes. Alors, je leur préparais leur sac de clés et le donnais aux chefs de cabine qui se chargeaient de la répartition. Des fois, y'avait une dizaine d'équipages qui arrivaient en même temps le matin après leur vol de nuit. Ils avaient vraiment pas envie de faire la queue devant mon comptoir. Aujourd'hui, avec l'internet, les passeports électroniques et la peur des attentats, c'est plus pareil, mais avant c'était avant et c'était comme ça !

La mine défaite de la mère de famille avait ébranlé le réceptionniste. Avant d'abandonner, il lui avait tout de même proposé de fouiller le carton du mois de septembre 1992 et de le passer au peigne fin.

— Y'avait des chefs de cabine plus sérieuses que d'autres, et certaines indiquaient les noms de leurs hôtesses face au numéro de leur chambre.

Comme les Canadiens aiment suivre les procédures, je crois qu'ils faisaient partie des rares à noter
les identités. Vous avez peut-être une petite chance.
Essayez !

Maxime ne s'était pas trompé. Si la plupart des
listes étaient vierges, celles référant aux occupations des chambres par les équipages de Canada
3000 comportaient parfois les prénoms. Et c'est ainsi
que Pauline Le Goff avait trouvé une seule anoma-
lie sur ces feuilles qui se ressemblaient toutes.

— Regardez, Maxime, là, y'a écrit *Resign* en
face du prénom Liette, et y'a LD à côté. Ça doit
être ses initiales… Chambre 26. Le 14 septembre…
Et une Monique D a signé. Qu'est-ce que ça veut
dire ?

— Ça veut dire qu'elle a peut-être démissionné.

— Ça, c'est une piste !

— Je n'en serais pas si sûr.

— Ah, oui ? Alors, pourquoi une hôtesse démis-
sionnerait ?

— Pourquoi ? Eh bien, juste parce que les hôtesses sont des jeunes femmes comme les autres.
Parfois, elles changent d'avis et perdent soudain la
vocation. Ou bien elles pensent que leur destin est
à Paris et elles ne veulent pas rentrer chez elles.
Quelques-unes y rencontrent l'amour sur un bateau-
mouche ou repartent ailleurs dans le monde sur les

genoux d'un commandant de bord d'une autre compagnie, croisé ici. Et un beau matin, on retrouve leur chambre vide…

Encaissant difficilement le coup, Pauline Le Goff avait ôté son casque pour aérer sa tignasse gorgée de sueur et s'était affalée sur le comptoir pour se cacher derrière ses mains. Maxime avait eu la délicatesse d'aller vaquer à d'autres occupations. Puis, soudain, il s'était giflé !

— Oh, l'idiot !

Il avait saisi le casque pour le reposer sur la crinière rousse.

— Venez, c'est pas vrai qu'on retrouve toujours leur chambre vide !

Cinq minutes plus tard, le réceptionniste sortait de sa poche un trousseau de clés pour déverrouiller les trois serrures qui barraient une pièce sombre au bout du couloir du premier étage.

— Notre coffre aux trésors… C'est ici que l'on conserve les objets trouvés après le départ de nos clients. On ne garde que ce qui peut avoir une petite valeur. Sinon, on déborderait de brosses à dents, de préservatifs et de parapluies. Certains nous appellent tout de suite et on les leur envoie, à leurs frais bien entendu, mais d'autres reviennent des mois ou des années après et nous embrassent quand on leur rend ce qu'ils pensaient avoir perdu.

Les étagères en bois regorgeaient de sacs en papier kraft ou en plastique, avec agrafé dessus un formulaire de l'hôtel sur lequel il était indiqué le numéro de chambre ainsi que la date où l'objet avait été retrouvé. Ici, tout était bien ordonné et Maxime avait vite découvert qu'un paquet correspondait au 14 septembre 1992.

— Et voilà !

Pauline Le Goff avait senti une délicieuse bouffée lui emplir la poitrine quand le réceptionniste lui avait tendu une sacoche d'appareil photo sur laquelle on avait noué, autour de la bandoulière, deux sacs en plastique. Surtout, que le formulaire agrafé indiquait bien la chambre 26.

— Pourquoi y a-t-il écrit Ludmilla, dessus ? C'est une Liette qui était dans cette chambre.

— Ludmilla, c'est le nom de la femme de ménage qui a retrouvé les objets... Comment elle était, elle, déjà ?... J'en ai tellement vu passer, des Ludmilla... Certainement une Lituanienne ou une Ukrainienne... Des femmes courageuses et dévouées... Comme on n'en trouve plus...

Pauline avait abandonné Maxime à sa soudaine nostalgie, trop occupée à se demander lequel des deux sacs elle allait ouvrir le premier.

— ... ponctuelles, honnêtes et travaillantes. Puis, des belles femmes avec ça. À la chute du mur de Berlin, j'avais qu'à secouer l'arbre du jardin, et y en avait dix qui tombaient. C'était le bon vieux temps... Gardez ça pour vous, mais aujourd'hui encore nous avons quelques employés qui travaillent ici au noir. Je sais, c'est pas bien, mais quelque part on les aide et quelque part ils nous aident... Et en plus, ça évite la paperasse. Le seul problème, c'est qu'elles vont et qu'elles viennent... Donc, faut toujours en avoir deux, trois d'avance sous la main...

Pauline s'était immédiatement intéressée au sac Daniel Hechter, qu'elle avait détaché de la bandoulière. Le pull qu'il renfermait était neuf, et l'étiquette portant le prix n'avait pas été retirée.

— Trois cent soixante-dix-neuf francs... Une fortune à l'époque pour un pull... Et regardez, y'a aussi une boîte dans le sac... Une pipe... à deux cent quarante-neuf francs... Quelle idée d'acheter des choses si chères et de ne pas les ramener... Avouez que c'est louche quand même qu'on ne vous ait jamais rappelé pour les récupérer.

— J'avoue que c'est pas commun.

— Et dans la sacoche photo, y'a quoi?

La carlingue du Boeing 747 vibre des turbulences qui n'ont pas cessé depuis près de trente minutes. Pauline Le Goff ne lève les yeux de la page de son carnet que pour chercher de temps à autre l'hôtesse, qui ne manque jamais de lui sourire quand elle croise son regard. Les dessins de la pipe, du sac Daniel Hechter et de la sacoche photo forment une harmonieuse composition. Elle avait dû se résoudre à les reproduire car, malgré son insistance, Maxime avait refusé de les lui donner.

— Je suis désolé, ce sont des objets de valeur. Il en va de la réputation de l'hôtel. Je ne peux vraiment pas faire ça.

Sur les pages suivantes, les Polaroïds trouvés dans la sacoche, classés par ordre chronologique, grâce aux numéros derrière chaque image. Chaque fois qu'elle regarde cette jeune femme souriante, posant devant les grands monuments parisiens, elle ne peut retenir ses larmes à imaginer l'odieux. La broche. Le béton. Pourtant, l'homme qui l'accompagne n'a pas la tête d'un assassin. Il est beau garçon. On lui donnerait le bon Dieu sans confession. On pense toujours que les tueurs ont le physique de l'emploi, mais la vérité est tout autre. Derrière cette belle petite gueule se cache une ordure, une crapule. Heureusement, elle l'a retrouvé facilement. Il avait laissé sa carte de visite. L'artiste. Le con.

Quel mauvais acteur !

JE ME SUIS APPROCHÉ,
ELLE M'A REPOUSSÉ

15 h 20 – Dorval

Pour la deuxième fois, le Jeep Cherokee longe le débarcadère des arrivées des vols internationaux de l'aéroport Pierre-Elliott-Trudeau pour continuer jusqu'à la nouvelle aile, réservée au trafic vers les États-Unis. Dès qu'il ralentit, des agents de sécurité lui intiment d'avancer. Dan se frotte le visage, inutile d'imaginer laisser son VUS à cet endroit. Il contourne l'énorme cube qui abrite les différents stationnements pour se présenter à la barrière de la section Courte durée. Immédiatement, il en cherche la sortie. Ici, les voitures s'arrêtent à tout moment, débarquent ou embarquent les voyageurs n'importe où et y bloquent sans cesse la circulation. S'il devait s'enfuir rapidement, il pourrait rester englué. Au tour suivant, il se dirige vers la section Étages. Il renonce à se garer au rez-de-chaussée de peur qu'il y ait, là aussi, des congestions lorsque les gros porteurs en provenance de l'Europe se videront de leurs passagers presque tous en même temps. Il opte pour le troisième et dernier niveau, quasiment désert en ce jour de canicule. Rendu sur le toit de l'édifice, il constate que l'endroit est beaucoup trop à découvert. Il redescend au deuxième. Sous la rampe qui mène à l'étage supérieur, il remarque un recoin avec deux places libres. Il y gare son VUS en marche arrière afin de pouvoir ressortir sans manœuvrer. En s'extirpant de l'auto, il reboutonne sa chemise jusqu'au col et la rentre soigneusement dans son pantalon. Il enfile sa veste et rajuste sa cravate, puis vérifie sa coiffure dans le reflet de la vitre. Il délaisse les ascenseurs et choisit de descendre par l'escalier extérieur. La rambarde est certes haute, mais si jamais il fallait pousser quelqu'un par surprise, il tomberait facilement. Juste le faire au bon moment, dans l'angle mort le long des poutres qui supportent les différents niveaux du stationnement.

En traversant le boulevard Roméo-Vachon, qui le sépare du terminal, Dan n'en revient pas d'imaginer orchestrer un crime parfait. Ça n'est pas lui qui l'a voulu, ce sont les circonstances qui l'y contraignent. Dans l'aérogare, il se dirige vers les écrans affichant les arrivées. Le vol 459 est toujours annoncé à l'heure, à 16 h 30. Devant lui, un homme vêtu d'un imperméable noir explique à un enfant blond portant un sac à dos le fonctionnement du tableau lumineux. C'est certainement un père qui apprend la vie à son fils. Immédiatement, Dan pense à Léo. Ils ne sont pas encore rendus à ce niveau de complicité. Son fils est trop jeune, et lui doit s'améliorer. Mais pour être meilleur, il faudra rester toujours à ses côtés. Dan serre les poings. C'est pour Léo qu'il ne reculera pas.

Le père et l'enfant sont maintenant assis au bar et discutent avec le serveur. Dan les délaisse pour observer cet homme grand et athlétique qui se tient plus loin. Physiquement, il a tout d'un policier ou d'un détective. Son visage émacié ne trahit aucune émotion. Et si celui qui lui a donné rendez-vous était déjà sur place, et non dans l'avion ? Dan recule pour s'adosser à un des piliers avant de se glisser discrètement derrière pour se tourner vers les baies vitrées. L'air dégagé, il revient à cet individu qui ne semble s'intéresser à rien d'autre qu'au tableau d'affichage. Il ne porte pas de lunettes de soleil pour masquer ses yeux qu'il a légèrement bridés. De plus, il arbore des vêtements haut de gamme.

Pas dans les moyens d'un policier, ça. Et, si cet homme devait rechercher quelqu'un, il serait certainement caché et ne se tiendrait pas au beau milieu du hall des arrivées le nez en l'air. Dan se détend quelque peu et observe, à nouveau, autour de lui. Ne se méfier que des hommes est une erreur. Dans l'art de la traque, les femmes sont redoutables. Et elles, ne lâchent jamais. Au milieu des allées, il tente de distinguer celles qui sont seules, celles qui portent des lunettes de soleil ou les couples improbables dont les regards ne sont que façades. Mais tout a l'air calme. Les voyageurs qui sortent par troupeaux après avoir passé la douane se jettent dans les bras de ceux qui les attendent. Personne ne semble faire attention à lui. Il va tranquillement s'asseoir au bar. Non, plutôt à une table qui donne sur le hall. Mais avant ça, il faut appeler Zoé et la prévenir qu'il rentrera plus tard. Juste trouver une bonne excuse. Imparable. Il saisit son iPhone, puis se ravise. Si jamais il devait en arriver au pire et était soupçonné, mieux vaut ne pas passer d'appel d'un cellulaire qui laisserait une trace de sa venue. Comme il l'a vu dans tant de séries policières diffusées sur Canal D, il décide d'éteindre son appareil pour en sortir la puce. Il se rend à la cabine téléphonique et glisse deux pièces de deux dollars. Il compose le nu-

méro. La ligne de Zoé est occupée. Tant mieux.
Le répondeur se déclenche.

    — C'est moi. Tu me croiras jamais, les Mercier,
tu sais les Mercier dont je t'ai déjà parlé… Ben, ils
ont eu un kick sur un chalet dans les Laurentides…
Donc, je devrais être là vers huit heures… Dis à
Léo qu'on aura tout de même le temps d'aller voir
le feu… Tu me manques… je t'aime… Non, je
vous aime ! Tu as entendu ? Je vous aime.

15 h 30 – Ville-Saint-Laurent

Chaque matin, elle râle d'avoir mal dormi puis se
maudit d'avoir acheté ce minable condo en face du
Provigo. Le jour, le ballet des autos sur l'avenue
Sainte-Croix couvre le son de la télévision. La nuit,
le cortège des camions venant se vider pour remplir
le supermarché l'empêche de fermer l'œil. Alors,
elle subit la vie les yeux ouverts et n'aime plus rien
ni personne. Vingt ans. Vingt ans que cette merde
a commencé, jusqu'à l'ensevelir. Tout doucement,
comme un pied qu'on a planté dans le sable mou-
vant, certain de pouvoir le retirer. Puis, on est pris
aux genoux, à la taille, jusqu'au cou. On ouvre la
bouche pour espérer savourer sa dernière bouffée
d'air. Mais là, soudain, le pire arrive. On ne s'enfonce

plus car on vient de toucher le fond du trou dans lequel on restera englué, sans plus jamais pouvoir en sortir.

Une lumière clignote au-dessus du téléviseur. La femme se décolle du divan au cuir rouge élimé pour saisir la télécommande et couper le son qui hurlait dans le salon. L'écran devenu muet, seul le bourdonnement du moteur des autos qui filent dans la rue se mêle à la sonnerie du téléphone, qu'elle décroche.

— Agence artistique Premier Rôle, ne quittez pas !

La femme met l'appel en attente. C'est Raymond, son mari, quand il était encore à son meilleur, qui lui a appris à le faire. Plus le client patiente et plus il se persuade qu'il n'est pas important. Ainsi, au moment où tu le prends enfin en ligne, il a l'impression de parler à Dieu. Face au miroir, la femme sort une cigarette de son paquet et l'allume avant de souffler la fumée sur son reflet pour le faire disparaître. Dans le temps, l'agence débordait d'appels et elle n'avait pas à décrocher. Ses employées, qu'elle pouvait congédier d'un claquement de doigts, s'en chargeaient. La fumée s'est évaporée, découvrant son image. Ses mèches blondes filasse ne cachent plus les racines grises. Les crèmes miracles qu'elle n'a plus les moyens d'acheter, elle ne les regrette même pas, elle ne voit que des rides qui chaque jour se creusent.

— Agence artistique Premier Rôle, excusez-moi, mais j'étais en ligne avec Tokyo. Que puis-je faire pour vous aider?

Elle connaît déjà la suite de la conversation. La jeune femme au bout du fil aura lu l'annonce dans *Le Journal de Montréal*. Elle veut être mannequin, elle en rêve depuis qu'elle est enfant. Alors, on va la faire rêver. Facile, juste parler d'argent en arrondissant systématiquement aux milliers, de soleil, de la une de *Elle* ou de *Vanity*, puis Milan, New York et Paris. Mais avant ça, on discutera de son book. Qu'elle en ait ou pas, peu importe, l'agence Premier Rôle a des normes de qualité très élevées, tout comme ses clients aux quatre coins du monde, et cela nécessite une série d'images haut de gamme. Autrement dit, il faut passer par Bob, le photographe maison. C'est neuf cents dollars, payables en trois versements. Huit cents pour un paiement unique avec facture. Et pour le cash. Une moitié ira à Bob. L'autre moitié financera ce minable appartement et la maison de retraite médicalisée de Raymond.

— Bonjour, je suis bien à l'agence artistique Premier Rôle?

— Tu y es, ma belle. T'as vu l'annonce dans le journal?

— Non.

— Une amie t'a parlé de nous?

Toujours se méfier des amies qui parlent de l'agence. En général, c'est rarement en bien, car aucune des petites pitounes n'a jamais vu l'argent, les unes, le soleil ou Milan.

— Bon, qu'est-ce que tu veux? Toutes mes lignes sont prises, là, alors me fais pas perdre mon temps.

— Je voudrais vous parler de Richard Tender.

— Vous êtes qui?

— Zoé, sa blonde.

La vieille femme se fend d'un sourire empli de satisfaction.

— Que veux-tu savoir, ma chérie?

Elle a posé la question par pure convenance. Ce qu'elle va dire à son interlocutrice, elle l'a déjà balancé il y a une dizaine de jours à une Française, une certaine Pauline Le Goff. Une nouvelle fois, elle va tout déballer et en rajoutera s'il le faut, car si elle se retrouve à végéter dans ce taudis, c'est de la faute à Daniel Béland, qu'elle va stooler avec un service cinq étoiles. Elle va parler de ce rôle providentiel que lui avait obtenu Raymond. De ce voyage en France qu'il avait financé. Elle dévoilera qu'il n'a jamais honoré le rendez-vous, que le réalisateur en a été tellement furieux qu'il a sali la réputation de Raymond en criant sur tous les toits de Paris qu'il ne travaillerait plus jamais avec un tocard comme lui. Un à un, l'agence a vu ses meilleurs acteurs la quitter, car les portes de la France étaient désormais fermées. Peu à peu, Raymond a dépéri. Des stars, il est passé aux starlettes. Il a tenté de s'accrocher un moment, puis il a sombré. L'alcool, la cigarette et les rails de coke ont joué le requiem. Un AVC l'a rendu grabataire. Alors, à la petite Zoé au bout du fil, elle n'oubliera pas de lui réclamer les sept cent soixante-cinq dollars de billet d'avion, les deux cents dollars cash et les mille francs d'avance pour les frais de Dan à Paris qu'elle aura arrondis à deux cents dollars. Elle y additionnera les quatre-vingt-deux dollars pour les cartes de visite au nom de Richard Tender. Puis, en bonne comptable qui sait régler ses comptes, elle ajoutera les intérêts pour l'avoir baisée, puis rejetée comme une merde.

— Zoé, toi qu'es sa femme, dis-moi, notre beau Dan, ce minable, il a toujours cet affreux grain de beauté sur la couille gauche?

15 h 45 – Trois-Rivières

Zoé raccroche et déchire la carte de visite au nom de Richard Tender qu'elle avait trouvée dans la pochette d'un disque de Charlebois. Elle lance les petits morceaux de carton, qui volent dans la cuisine. Elle enlève le t-shirt et le boxer de Dan. Elle ne veut plus porter ses vêtements. C'est physique, plus question qu'il la touche. Elle se fout qu'il ait baisé la femme de son agent vingt ans plus tôt et qu'il ne l'ait jamais remboursée, c'est juste qu'il s'est passé quelque chose à Paris. Elle ne sait pas encore quoi, mais pour prendre tant de précautions à en cacher les traces, ça ne peut être que grave. Dans la chambre, elle sort de l'armoire un t-shirt et un short propres. En passant par la cuisine, elle remplit un verre d'eau puis se rince la tête sous le jet. Elle traverse le jardin, qui n'est plus qu'une immense décharge. Les vinyles hors de leur pochette se mêlent aux vieux cahiers, aux partitions et à quelques photos de scène sur lesquelles Dan apparaît plus jeune et flamboyant. Zoé ressort du cabanon avec un carton. Elle le jette. Il s'éventre sur la caisse à outils. Les livres enchevêtrés jonchent le sol. Sans la moindre émotion, Zoé saisit un premier ouvrage par la couverture et le secoue pour découvrir si quelque chose y a été glissé. Rien. Elle l'envoie derrière elle. Il se déchire en retombant. Elle en prend un autre, puis un autre, et encore un autre. Tous finissent écartelés. Au fil de la journée, elle a compris l'ordre dans le désordre de Dan. Le secret qu'il cache dans son repaire, il l'a disséminé en petits morceaux pour qu'aucun n'ait de sens sans les autres. Son point faible est qu'il garde tout. Aucun chien ne jette son os. Il l'enterre, puis en enterre un nouveau, jamais bien loin. Il a beau savoir qu'il n'en a plus besoin, car il n'y touchera plus, c'est plus fort que lui, c'est du domaine de l'instinct. Et quand il te voit pour te dire qu'il t'aime en remuant la queue, il se rappelle où il a caché chaque morceau du squelette, mais tu n'en sauras rien. Alors Zoé ne doute pas que la pièce manquante de l'histoire se trouve quelque part enfouie dans sa niche. Elle retourne dans le cabanon et ressort avec un carton où Dan a griffonné à la main : *Divers Afrique*.

— Oui, c'est ça, prends-moi pour une conne !

Le carton vole et s'écrase près des bâtons de ski. Zoé n'a même pas à se pencher pour saisir la couverture du *Prince de Hombourg*, les feuilles manuscrites ont glissé toutes seules. Elle n'a aucun mal à reconnaître l'écriture, c'est celle de Dan.

Ne rien précipiter. Rester calme. Comprendre. Zoé cherche le meilleur endroit pour lire les quatre pages. Elle envisage la chaise de la cuisine, le divan du salon, le fauteuil de la salle à manger, le lit de la chambre, mais opte pour le perron de la maison. Elle veut de la vie autour d'elle, et tant pis pour le soleil, qui ne manquera pas de cogner. Au bout de ces pages, elle devine que plus rien ne sera comme avant. Elle se sent sereine, comme jamais elle ne l'a été. Elle vient de comprendre que c'est la peur d'être quittée qui nourrissait sa dépendance. De savoir qu'elle tient son destin entre ses mains, qu'elle seule décidera, l'apaise.

Sur le premier feuillet, Dan a écrit en en-tête : *Confession d'un salaud.* Zoé ne peut contenir un rictus de dégoût face à la grandiloquence, presque adolescente, mais frémit à la lecture de la première ligne : *Ibiza, mars 1994 – Je profite que je suis gelé comme une balle pour raconter ce que je n'ai jamais osé dire. Ça n'aurait jamais dû se passer, mais c'est arrivé…* La première page évoque l'appel de Raymond, son agent d'artiste, pour un casting à Paris, jusqu'à son départ en avion et sa rencontre avec la fameuse Liette. *Elle était grande, fine, de longs cheveux blonds. Dès que je l'ai vue, j'ai su que c'était elle. Ça n'est pas sa beauté qui m'a attiré, mais son regard sur moi. Il était pur, sans malice, une sorte de douce feuille blanche…* Zoé cesse de lire. Ces mots, elle les a déjà entendus. Combien de fois Dan les lui a-t-il dits en la déshabillant des yeux ? *Je savais* où était son hôtel et je m'y suis rendu. *Quand elle est sortie, j'ai eu peur qu'elle s'enfuie. Mais elle a accepté que nous découvrions Paris tous les deux...* Zoé survole la description des différentes visites des monuments. Son souffle s'accélère à lire le passage sur Dan jouant Quasimodo devant Notre-Dame, alors que Liette est son Esmeralda. Au premier Halloween ensemble, il avait insisté pour que ce soient leurs déguisements.

— Espèce d'ordure...

Les choses sérieuses commencent, ils sont au restaurant. Au dessert. *... elle a aussi approché ses lèvres et on s'est embrassés, tout seuls au monde. Pour la première fois de ma vie, j'ai découvert ce qu'était un vrai baiser. Ça n'est pas doux, un vrai baiser, c'est juste fort. Je sais que c'est con de le dire de même, mais je voulais pas que ça finisse. On est sortis. Comme il pleuvait, on s'est abrités sous un porche. Je lui ai proposé de venir dans mon hôtel, qui était pas loin, mais elle a pas voulu. Elle disait que ça allait trop vite, qu'elle n'était pas le genre de fille à coucher le premier soir et qu'elle devait dormir, car elle avait rendez-vous avec ses collègues pour déjeuner en ville. Elle a posé sa main sur ma joue pour me dire de penser à mon rendez-vous du lendemain avec Claude Sautet, que c'était ça le plus important à faire. D'habitude, j'aurais pas lâché, mais j'avais*

envie de rien gâcher avec elle. On s'est donné nos
numéros de téléphone et on s'est promis de se revoir
à Montréal dès mon retour. Je lui ai dit que j'allais
lui trouver un taxi. Elle m'a dit qu'elle n'avait plus
d'argent à cause de ses cadeaux et du vin. Je lui ai dit
de pas s'inquiéter, j'avais encore tous mes dollars
canadiens. Mais ça a pas marché. Les taxis n'en
voulaient pas à cette heure-là. Pis, ils ont pas voulu
de ses chèques de voyage non plus. Malgré nos ac-
cents et nos passeports, ils avaient peur que ce soient
des faux. Dans la rue, à cause de la pluie, y avait
personne. On a trouvé un hôtel, mais c'était le veil-
leur de nuit et il ne faisait pas de change. On a pensé
au bus, mais on savait pas lequel prendre, c'est trop
mal expliqué. Alors on a couru jusqu'à la bouche
de métro. J'ai vu tout de suite qu'elle était inquiète
de le prendre seule et donc je lui ai proposé de l'accompagner. Mais si je l'accompagnais, je ne pourrais pas revenir. Elle m'a fait promettre, si je ne
pouvais pas dormir sur les divans de la réception,
que je n'essayerais rien dans sa chambre, de surtout
pas faire de bruit, parce que sa réputation pourrait
être entachée. Elle était plus pareille. L'ambiance
avait changé. Tout nous avait paru facile et, là, ça
partait de travers. C'était comme surréaliste de revenir si vite à la réalité. On a regardé le plan du métro.
Pour se rendre de Châtelet à Corentin Cariou, il

fallait changer à Gare de l'Est et ensuite prendre la
direction Porte de Pantin. On a eu de la chance, une
rame est arrivée tout de suite. Il n'y avait pas grand-
monde. On s'est assis l'un à côté de l'autre, puis on
n'a pas parlé. À Gare de l'Est, on a pris la correspon-
dance. Sur le quai, en attendant le métro, j'ai passé
ma main sur son épaule, mais j'ai bien vu que ça lui
plaisait plus. Mais je l'ai pas retirée. Je voulais pas
que ça finisse comme ça. J'ai essayé de la faire rire en
imitant Quasimodo, elle a à peine souri. J'ai essayé
de l'embrasser. Elle a pas voulu. Ça m'a frustré,
alors j'ai essayé encore, doucement... C'en est assez
pour Zoé. Elle a besoin d'interrompre sa lecture.
Elle voudrait ne jamais avoir à apprendre ce qui va
suivre, mais elle le doit. *Elle s'est reculée puis elle*
m'a regardé, puis elle a tourné la tête à droite et à
gauche, affolée... Je me suis approché, elle m'a
repoussé.

ELLE ÉTAIT SI JOLIE

15 h 55 – Quelque part au-dessus de l'Atlantique

Elle fixe l'hôtesse agrippée aux sangles de son strapontin, qui pleure mais ne crie pas. Dans la carlingue, les objets volent, rebondissent et revolent.
Un corps passe et se brise contre la paroi de la cui-
sinette. Personne ne décide plus de ses membres
brinqueballants. Il y a cinq minutes, déjà, que le
Boeing a commencé à tomber. Depuis ce bruit
soudain, peut-être une explosion. Normalement,
ça n'arrive jamais. Une chance sur vingt millions,
contre une chance sur dix-neuf millions de trouver
les six bons numéros au Loto, lui avait affirmé la
professeure de mathématiques du collège. Quelle
gourde! Elle n'aurait jamais dû la croire. D'ailleurs,
elle ne l'a jamais aimée, avec ses grands airs de

madame Je-sais-tout. Pauline Le Goff lâche les accoudoirs pour se laisser aller. Quitte à gagner
quelque chose, elle voudrait toucher son gros lot
maintenant et mourir tout de suite. Pas quand
l'avion s'écrasera. Pour que la mort ne la fasse pas
souffrir. Juste pour garder un bon souvenir de la
vie. Quel dommage de toujours réserver le pire
pour la fin. Elle pense fort à ses enfants. Elle les
revoit naître. Grandir. Rire. Mentir. Les premières
dents perdues dans la petite boîte rangée dans sa
table de chevet, il n'y a qu'elle qui sait de quelles
bouches elles proviennent. Comment vont-ils faire
pour se les partager quand ils seront adultes? Elle
regrette de ne pas s'être occupée d'eux ces dernières semaines. Lui pardonneront-ils? Elle aurait
dû accepter sans discuter l'argent de cet oncle loin-
tain au lieu de se lancer la gueule la première dans
cet avion qui sera son cercueil. À nouveau, il vrille.
La tête de Pauline cogne contre celle de son voisin.
Du sang l'empêche de bien voir. Mais elle n'a pas
eu mal. C'est le sang de qui, au fait? Peu importe,
bientôt il ne fera qu'un. Soudain, un *boom* plus fort
que le premier. Elle parvient à s'essuyer les yeux.
Quelle curiosité morbide. C'est le trolley qui s'est
décroché pour se fracasser contre l'hôtesse. Ses mains
aux doigts si bien manucurés ont lâché les sangles.
Elle n'est plus qu'un pantin désarticulé dont les os

brisés claquent contre la paroi. A-t-elle eu le temps de voir sa vie défiler ? C'était quoi, sa vie ? Elle aurait dû lui demander si elle avait des enfants et aussi un mari. Mais il est trop tard. Le voisin de Pauline, lui, n'est pas encore mort. Il n'arrête pas de crier. Elle devrait lui dire de se taire et ensuite obliger tout le monde à faire de même. Mais il y en aurait pour des heures. À travers le hublot, la mer n'est plus très loin. Alors, elle n'aura pas le temps. Elle aurait préféré périr en silence. Tranquille. Juste histoire de pouvoir se concentrer et de ne plus avoir cette impression de ne rien contrôler. La carlingue tourne encore. D'autres objets tombent sur elle comme s'il pleuvait. Le Boeing amorce son piqué final. Sur le dossier sous elle, son carnet s'est posé pour s'ouvrir à la double page des portraits de l'homme qu'elle devait rencontrer. Craignant qu'il ne change d'apparence, elle l'avait croqué arborant différentes coiffures, avec barbe, sans barbe, lunettes, sans lunettes. Elle n'avait pas eu beaucoup de mal à le trouver après que la femme de l'agence artistique lui avait vomi la vraie identité de Richard Tender. Sur Facebook, elle avait découvert une trentaine de Daniel Béland habitant au Québec. L'un d'eux, un agent immobilier, était coiffé sur sa photo de profil comme elle l'avait imaginé dans l'une de ses esquisses, avec moustache. Pauline Le Goff, matin. Dans six minutes, il allait enfin baisser le rideau de son guichet pour prendre sa pause syndicale, la première de la journée, la meilleure. Il avait donc renoncé à se lever pour discrètement signaler à son chef, qui attendait certainement, lui aussi, la pause de 8 heures, la présence de ce client bizarre et agité. Et puis, des voyageurs étranges, la gare de Lyon en voyait passer chaque jour des troupeaux. Un de plus ou un de moins, aucune importance, surtout que, dans quelques minutes, l'homme aurait disparu. Alors, il s'était penché pour lire l'horaire de départ des trains grande ligne.

— Le prochain qui va à la mer, c'est dans cinq minutes. C'est le Paris-Menton à la voie quatorze. Direct jusqu'à Marseille et ensuite il s'arrête à Toulon, Fréjus, Cannes, Antibes et Nice! Bon, vous le voulez pour où votre billet?

— Euh… jusqu'à Menton!

Dans le wagon presque vide, Daniel Béland avait opté pour la place proche de la porte, côté fenêtre, afin de s'y tourner, pour que nul n'aperçoive son visage. Il avait remarqué la suspicion du guichetier et il n'attendrait pas Menton pour quitter le train. D'ici là, il allait essayer de dormir. Il n'avait pas pu fermer l'œil de la nuit à revoir en boucle les yeux de Liette le supplier, jusqu'à ne plus pouvoir tenir, enfermé dans sa chambre. C'est par l'escalier de service qu'il s'était enfui de son hôtel, où il était venu ramasser ses affaires, son passeport et ses dollars. Il avait longuement erré dans les rues de Paris avant de décider de fuir. Rentrer au Canada était trop dangereux, surtout en utilisant son billet de retour sur Canada 3000. Rester à Paris lui faisait peur. Il n'imaginait pas comment y survivre. Il avait alors passé en revue tous les pays d'Europe, mais pour la plupart il lui fallait un visa, et surtout, l'automne laisserait vite place à l'hiver. Il avait donc choisi de fuir vers le sud, il y ferait chaud quelque temps encore et ses vêtements lui suffiraient, avant de devoir en racheter. Et, de toute manière, il comptait rentrer dans quelques semaines, au pire quelques mois. Juste histoire d'oublier.

16 h 15 – Trois-Rivières

Zoé joue une scène qu'elle a vue dans mille films. Dans la grande valise, posée sur le lit, elle empile les affaires dont elle aura besoin les prochains jours. Dans la plus petite, elle a placé d'un côté les vêtements de Léo, et de l'autre, ses jouets préférés. Sa mère, enfin cette femme qui avait vraiment su l'aimer dans sa dernière famille adoptive, lui a ouvert sa porte, mais n'a pas manqué de lui rappeler

qu'elle n'avait jamais douté que la romance s'achè-
verait ainsi, et que si se mettre en couple avec un
homme plus vieux n'était pas un problème, encore
fallait-il qu'il ait un passé à raconter.

— Ma fille, un gars rendu à cet âge, beau
comme un Dieu, doux comme un agneau, attentionné, aimant, voulant des enfants, et qui te jure
n'avoir jamais eu avant toi de relations sérieuses,
c'est juste quelqu'un qui te cache quelque chose.
Et quand tu le découvriras, il sera trop tard…

Nue, Zoé passe devant la cuisine sans un regard
pour la lettre qu'elle a posée sur la table. Elle entre
dans la salle de bain et ouvre les robinets de la
douche. Elle a besoin de se laver. De se nettoyer.
Mais les mots lui collent encore au corps, jusqu'à
lui donner envie de hurler. *J'ai essayé de la faire rire
en imitant Quasimodo, elle a à peine souri. J'ai essayé de l'embrasser. Elle a pas voulu. Ça m'a frustré,
alors j'ai essayé encore, doucement… Elle s'est reculée puis elle m'a regardé, puis elle a tourné la tête à
droite et à gauche, affolée… C'est là que j'ai vu derrière moi trois gars. L'un d'eux a dit : « Tu veux que je
te fasse voir comment on fait ? » J'ai rien dit et j'ai tiré
Liette plus loin. Quand la rame est arrivée, on est
vite montés. Il n'y avait que deux personnes à l'intérieur. Avant que les portes se ferment, on les a entendus courir et ils sont entrés en sifflant et sont venus*

s'asseoir sur la banquette face à nous. Ils ont été gen-
tils au début en nous demandant de les excuser pour
ce qu'ils avaient dit. Ils ont vu qu'on venait du Québec. Ils ont posé quelques questions. Ils pensaient
qu'on était des touristes, mais on a dit que Liette
était agente de bord et moi acteur. J'ai même parlé
de Claude Sautet, pensant que ça les impressionne-
rait. Les deux personnes qui étaient avec nous dans
le wagon sont descendues à Stalingrad. Il ne restait
plus que trois stations. Et c'est là que ça a commencé.
Ils voulaient qu'on s'embrasse et eux ils allaient juste
regarder. Pis ils ont dit des choses obscènes sur les
hôtesses. Liette était terrorisée, elle me suppliait du
regard de l'aider. Mais j'avais aussi peur qu'elle. On
s'est levés pour changer de place. Ils nous ont suivis.
Ils étaient de plus en plus agressifs. Alors on s'est levés et on s'est collés à la porte. Quand on est arrivés
à la station Crimée, celle juste avant la nôtre, on est
descendus. Ils nous ont suivis. Y'avait personne à
part nous. On a marché plus vite mais ils nous ont
rattrapés. On a pris l'escalier vers la sortie. On a
passé le premier palier puis on s'est retrouvés dans
un long couloir. J'en ai vu deux attraper Liette et la
tirer dans un recoin. En même temps, le troisième
m'a mis la lame de son couteau sur la gorge et il m'a
dit : « Si tu bouges, ta belle petite gueule, j'en fais un
cul de babouin. » Les deux hommes avaient déjà re-

levé la jupe de Liette et tentaient maintenant de lui retirer sa culotte. Alors, j'ai attrapé le bras de celui qui me menaçait de son couteau, lui ai tordu pour le forcer à lâcher son arme. Je m'en suis emparée pour foncer vers les deux hommes qui tentaient de violer Liette. Ils ont eu peur et se sont enfuis. Je l'ai relevée et elle est tombée dans mes bras pour me remercier de l'avoir sauvée… Dans la douche, les larmes de Zoé se mêlent à l'eau qui ruisselle sur son visage. Elle est prise de soubresauts à revivre le supplice de cette jeune femme qui, elle l'a compris dès ce matin, lui ressemblait tant… *Ils ont eu peur et se sont enfuis. J'ai relevé Liette et elle est tombée dans mes bras pour me remercier de l'avoir sauvée…* Zoé reste un moment immobile, laissant les gouttes s'écouler sur son corps. Elle sort de la cabine et sans s'essuyer enroule une serviette autour d'elle. Dans le couloir, elle s'arrête devant une photo de Dan et crache dessus. *La sauver, c'est ce que j'aurais dû faire, mais c'est pas ce que j'ai fait. J'ai eu peur. J'ai pas bougé, comme un lâche. J'ai pas eu peur de mourir, j'ai juste eu peur d'être blessé ou défiguré avant mon rendez-vous avec Claude Sautet. Je suis resté paralysé à ne penser qu'à moi.* Zoé enfile un t-shirt et un short. Elle vérifie une dernière fois le contenu des valises et les referme en s'acharnant sur une serrure qui refuse de s'enclencher. *Au bout*

*d'un moment, elle n'a plus crié. Elle a rien dit pen-
dant qu'ils la violaient. Elle avait la tête sur le côté,
ne se débattait plus… Un moment, elle s'est tournée
vers moi. Son regard était vide, et j'ai baissé les
yeux…* Dehors, sous le soleil qui cogne contre le petit duplex, une auto klaxonne. Zoé ramasse la lettre
sur la table de la cuisine et se dirige vers le cabanon
du jardin. Les feuillets maintenant entre les dents,
elle en ressort avec un marteau et des clous. *Quand
ils ont disparu, elle arrêtait pas de répéter en boucle
«Pardon, papa, je t'ai désobéi.» J'ai proposé sans
conviction, de peur qu'on me reproche de ne rien
avoir fait, qu'on aille au poste de police, elle a pas
voulu. Elle voulait pas que ses parents sachent…
Elle m'a juste hurlé de partir… que tout était de ma
faute… que je l'avais abandonnée… que j'avais rien
fait pour l'aider… Alors, on est sortis du métro et elle
a marché sans me regarder, en pleurant. Je l'ai laissée disparaître… j'ai ramassé mes affaires à mon
hôtel et je me suis enfui en train dans le sud de la
France. Puis de là, j'ai convoyé un charter vers
Ibiza… Depuis deux ans, je passe ma vie à me défoncer sur cette île isolée pour mieux rêver à ce que
j'aurais dû faire et m'empêcher ainsi de sans cesse
revivre ce que je n'ai pas eu le courage d'accomplir…*

Sans un mot, Zoé monte dans le taxi. Elle aurait
pu en pardonner beaucoup à cet homme qu'elle

aimait, mais il a abandonné cette jeune femme. Et cette jeune femme, c'est elle. Dan ne l'a pas choisie parce qu'elle était Zoé, il l'a choisie parce que dans Zoé, il y avait Liette. Puisque pour lui elles ne font qu'une, c'est aussi Zoé qu'il a abandonnée ce soir-là dans cette station de métro à Paris. Aucune femme ne pourrait lui pardonner. Alors, elle ne pardonne pas.

— On va où, madame?

— On va d'abord chercher mon fils à la garderie.

Le taxi démarre. La mère ne se retourne pas.

16 h 30 – Dorval

Dans le hall des arrivées de l'aéroport Pierre-Elliott-Trudeau, c'est le ballet des agents de sécurité, des policiers et des chemises blanches qui passent en fixant leurs pieds, n'osant affronter les regards inquiets. Au bar, le serveur ne sert plus, ne rit plus et ne parle plus. Les yeux rivés à l'écran plasma, il pleure. Le vol 459, longtemps annoncé en retard, a disparu de la liste des avions attendus. Dan observe le tragique spectacle, et une étrange sensation de légèreté l'enveloppe. Il se lève et quitte sa table, sans payer. Le serveur l'a remarqué mais ne bronche pas. Dan s'approche du comptoir de renseignements derrière lequel deux préposés sont assiégés par des gens de plus en plus inquiets.

— Est-ce que tu vas me dire ce qui arrive ?

— Il y a ma mère dans cet avion !

— On a le droit de savoir !

Les deux préposés se regardent. Le plus âgé essuie la sueur de son front et, de sa voix la plus rassurante, il crie, sans oser fixer personne.

— Calmez-vous. Nous ferons une annonce dans un petit moment, ça ne sera pas long.

— Ça fait une demi-heure que tu dis ça !

Un homme, bouquet de tulipes en main, hurle.

— Mais y sont où ?

Impuissant, tête basse, un des préposés ouvre les bras. Soudain, les premiers sanglots et les murmures forment un brouhaha qui progressivement résonne dans tout le hall des arrivées. Crash ! Tombé ! Perdu ! En mer ! Morts ! En boucle, les mots jouent. Un homme en uniforme, l'épaule bardée de barrettes dorées, fend la foule, suivi d'une femme, cheveux en chignon et petites lunettes rondes en métal. Il prend le micro des mains du préposé et demande le silence.

— Nous prions les personnes qui attendent des passagers du vol 459 de bien vouloir nous accompagner. Une salle a été mise à leur disposition et…

Dan a compris. Il n'écoute plus. Il savoure sa joie. Autour de lui, les cris de ceux qui hurlent se mêlent aux complaintes de ceux qui pleurent. Certains s'effondrent, aussitôt relevés par des secouristes arrivés de nulle part. D'autres frappent de rage les colonnes ou le sol. Des couples se serrent fort, jusqu'à ne plus vouloir respirer. Et au loin, résignés, des hommes, des femmes et des enfants suivent l'intervenante qui les invite à entrer dans une salle sur la porte de laquelle on a placardé une affiche où on lit *Accueil des familles*.

Sans un regard pour eux, radieux, Dan les abandonne à leur triste sort. Enfin, la chance est de son côté. Aujourd'hui n'était qu'un cauchemar. Le passé, c'est le passé. En courant vers la sortie, il s'arrête devant une petite échoppe. La vendeuse n'en revient pas.

— Quoi, vous voulez des fleurs, là, maintenant?

— Oui, donnez-moi les tulipes, là, s'il vous plaît. Deux bouquets, puis vous m'en faites un gros avec!

Soutenant délicatement les tiges enrubannées dans la cellophane, Dan sort de l'aérogare. Dans un concert de sirènes, ambulances, voitures de police et camions aux couleurs des différents réseaux de télévision commencent à affluer. Au deuxième niveau du stationnement, il retrouve son Cherokee et s'y enferme pour savourer le silence. Cela faisait longtemps qu'il ne s'était pas senti si léger. Comme si cette fausse alerte, cet affreux cauchemar, l'avait libéré des dernières piques qui persistaient depuis tant d'années à lui déchiqueter le ventre à la moindre pensée pour Liette. Il se tourne vers l'horloge du tableau de bord, il arrivera chez lui bien avant 20 heures. La vie reprendra son cours normal plus tôt qu'il ne l'avait prévu. Le VUS s'éloigne lentement de l'aéroport pour rejoindre la 520 et se fondre dans le trafic.

Aux abords de Trois-Rivières, Dan éteint la radio. Depuis dix minutes, un spécialiste des accidents aéronautiques, à coups de statistiques optimistes sur des catastrophes antérieures, a fini par l'inquiéter.

— La chance de retrouver des survivants est faible, voire inexistante, mais on a déjà vu des miracles dans certains cas. Pour le moment, la zone n'a été que survolée par les avions de la Garde côtière canadienne, et il est difficile de distinguer signe de vie. On en saura plus quand les premiers hélicoptères, mais surtout les premiers bateaux atteindront les lieux de la tragédie…

Le VUS ralentit sur l'autoroute 40 pour s'engager dans la rue Saint-Roch, vers le fleuve. Nerveusement, Dan ne cesse de tapoter des doigts le cuir de son volant. À chaque feu rouge, l'attente lui paraît un supplice. Plus que trois avant de retrouver la maison. Maintenant, plus que deux. Et, là, enfin, le dernier. Alors qu'il décélère pour virer dans l'allée, le long de son duplex, Dan remarque les pages manuscrites clouées à sa porte. En descendant de son véhicule, il découvre dans le jardin, devant le cabanon, sa vie étalée, brisée et piétinée. Une nouvelle fois, elle vient de basculer, il le sait. Il court décrocher les feuilles de sa confession et rentre chez lui. Dans la chambre à coucher, sur la photo où il apparaît avec une famille africaine, Zoé a écrit *Salaud!* Dans l'armoire pendent des cintres nus. Dans le placard du couloir, il ne reste qu'une valise vide, la sienne. L'homme abandonné n'a pas le temps de s'effondrer qu'on frappe à la porte. Une policière se tient dans l'entrée. Il la reconnaît. C'est celle qui lui a donné une contravention ce matin.

— Quand je suis arrivée, ta blonde partait dans un taxi. Elle avait l'air en tabarnac. J'ai jeté un coup d'œil dans le jardin… Elle y est pas allée de main morte, hein?

Dan baisse les yeux.

— Une de tes collègues chez Re/Max a déposé une plainte contre toi pour voie de fait… Elle est à l'hôpital pour un choc nerveux, mais il paraît que tu lui as fait une belle marque bleue autour du cou. Tu vas devoir venir avec moi au poste.

Dan ne proteste pas. Rassurée, la femme glisse le pouce dans son ceinturon et pointe les feuillets qu'il tient toujours.

— Comme elle les avait accrochées sur la porte en partant, j'ai considéré qu'elles étaient comme sur la voie publique et j'ai pas pu m'empêcher de lire…

Dan se raidit et fusille du regard la policière.

— T'inquiète, je peux rien faire avec ça. Pas dans ma juridiction et vieux de vingt ans. Mais j'aimerais bien qu'on en discute un peu… Histoire de savoir ce qu'elle est devenue…

Ça n'est plus la représentante de la loi qui parle, mais une femme en colère. Le mépris suinte de ses yeux.

— T'as juste bougé ton cul pour disparaître et aller te défoncer.

Dan pourrait tout lui dire, se défendre. Lui expliquer qu'après s'être effectivement perdu dans les drogues à Ibiza, il avait repris sa vie en main pour lui donner un sens et tenter de réparer sa dérobade, au lieu de chercher à l'oublier. En Afrique, il avait cessé de se regarder le nombril, de ne penser qu'à lui en s'assurant que sa mèche soit toujours bien placée pour faire ressortir le bleu de ses yeux. Il

avait choisi de se donner corps entier aux autres,
parfois contre un simple gîte et le couvert, ou pour
le compte de diverses organisations humanitaires.
À cette jeune policière qui le toise avec haine, il
pourrait énumérer le nombre de vies de femmes
qu'il a sauvées, mais aussi d'enfants, en y ajoutant
les sidéens qu'il a soignés, tout comme ces mou-
rants accompagnés avec amour et compassion
jusqu'à leur dernier souffle. Il pourrait lui proposer
de l'emmener au Congo, en Éthiopie, en Guinée
ou au Soudan pour lui présenter ces familles qu'il
a aidées à fuir les guerres, les viols, les épidémies et
les massacres dans les zones de conflits. Des lieux
où il savait côtoyer la mort, pour se convaincre que
si elle devait survenir, c'est qu'il la mériterait.

— Je peux aller me servir un verre d'eau, s'il
vous plaît?

— Y'a tout ce qu'il faut au poste de police pour
te rafraîchir. D'ailleurs, on va pas traîner.

Dan observe ce couloir qu'il a repeint il y a un
an. Il n'aimait pas le jaune, mais c'était la couleur
préférée de Zoé. Il avait fini par s'y habituer. Mais
il ne faut jamais s'habituer au bonheur. Elle est
partie et ce bonheur, il doit le rembourser cash.
Après les seize années passées en Afrique, il pensait
avoir payé sa dette, mais on ne cessera jamais de
lui demander des comptes. Pas question de payer

encore. Il a assez payé. La policière a compris à son attitude que l'homme qui la fixe en tremblant prépare quelque chose. Elle décroche la paire de menottes de sa ceinture.

— Tu vas gentiment me montrer tes poignets…

Dan la jauge. Elle n'est pas si grande et pas si large. Elle essaye de se donner de la contenance, mais elle aussi, elle a peur. C'est peut-être parce qu'elle est seule. D'ailleurs, pourquoi est-elle venue seule? C'est étrange. Ça ne figure pas dans les procédures. Déjà ce matin, il avait trouvé qu'elle se prenait un peu pour une autre et devrait regarder moins de séries à la télé. Et si c'était son erreur? La policière semble lire dans les pensées de celui qui observe les différentes issues avant de s'accroupir pour ramasser un jouet qui traînait sur le sol. Mâchoire serrée, tremblant, au bord des larmes, il le fixe avec émotion. La jeune femme décroche son micro, qu'elle approche de sa bouche pour appeler du renfort. Elle n'a pas prononcé un seul mot que, soudain, Dan lui lance le jouet au visage et détale par l'arrière de la maison.

Au milieu de la rue Saint-Roch, Dan court comme un dératé vers le fleuve. Il aimerait pouvoir s'arrêter sur la berge pour contempler l'eau et réfléchir en paix. Mais il n'aura pas le temps de penser. La jeune policière est à ses trousses. Elle a même réussi à alerter ses confrères, au loin les sirènes hurlent. Dan regarde autour de lui avec la certitude que cette rue, sa rue, toute de bleu décorée avec le lys flottant au vent, il ne la reverra plus. C'était quand, la dernière promenade sur ce trottoir avec Zoé et Léo? Alors qu'il vire rue Notre-Dame, il cherche à se souvenir. C'était il y a peu de temps. Mais ça ne vient pas. L'être humain est ainsi. Il oublie ce qu'il aimerait se rappeler, mais jamais il ne parvient à effacer ce qu'il voudrait chasser de sa vie. Sinon, pourquoi conserver cette confession écrite il y a vingt ans? Il aurait suffi de la détruire pour que Zoé ne tombe jamais dessus. Il n'aurait pas cette policière aux fesses ni ce chœur de sirènes d'auto-patrouilles qui lui défonce les tympans. Au fond, ça n'est pas la police qui lui court après, mais Liette, qui lui reproche encore de ne pas avoir tenté de la sauver. Dan vire vers le port. C'est jour férié. Un bateau chargé de touristes quitte le quai. Dan accélère. Peut-être sa dernière chance de s'échapper. Dans la ligne droite, il allonge ses foulées pour prendre appel sur le rebord du ponton. Quand il s'élance dans le vide, il se rend compte que la poupe est trop loin. Il aimerait voler, mais il va retomber puis s'enfoncer. Dans les fonds troubles du Saint-Laurent, il ouvre les yeux. Il ne voit rien. Plus personne ne le poursuit. Il

shampoing, ainsi que ceux du gel douche, laissés
gracieusement à la disposition des clients de l'Hôtel
des Ducs, étaient ratatinés, comme si on avait
voulu en user jusqu'à la dernière goutte. Au fond
de la baignoire, une jupe longue imprimée de
fleurs et une veste en jean, gorgés d'eau. Plus loin,
près du siphon, une petite culotte en coton, un
chemisier blanc et un soutien-gorge.

À la vue du tableau, Ludmilla Tchetchenko
n'avait pu retenir un juron bien senti, en ukrainien.
Non qu'elle en ait été étonnée, car rien de ce
qu'elle découvrait dans une chambre d'hôtel ne la
surprenait plus. Les gens qui paraissent bien sous
tous les rapports font parfois des choses bizarres ou
inavouables quand ils sont loin de chez eux. Parce
qu'ils avaient omis d'accrocher l'écriteau demandant de ne pas les déranger, la femme de ménage
en avait surpris son lot dans des situations in-
croyables, quelquefois drôles, mais le plus souvent
obscènes. Si au début elle ne pouvait se retenir de
hurler son haut-le-cœur, avec le temps, elle s'était
habituée à refermer la porte sans un mot. Alors, en
se penchant pour ramasser les serviettes détrem-
pées et les jeter dans le bac de linge sale à l'extré-
mité de son chariot, elle avait juste regardé sa
montre en pestant. Encore une fois, il lui faudrait
plus d'une demi-heure pour tout nettoyer. À son

embauche, Maxime, le concierge, lui avait certifié qu'à raison de quatre chambres de l'heure, à douze francs chacune, elle gagnerait au moins trente pour cent de plus que le salaire minimum, net d'impôts. Malgré la sueur, la jeune femme n'avait jamais atteint cet objectif. Quand les chambres étaient presque intactes, elle parvenait à en nettoyer trois, parfois trois et demie. Mais si jamais l'une d'elles était en trop grand désordre, elle n'en complétait que deux dans l'heure. Elle avait protesté. Maxime avait levé le ton pour lui vomir que c'était ça ou rien, qu'il n'aurait qu'à claquer des doigts pour la remplacer dans les dix minutes.

Après s'être assurée que le sol, les faïences et le miroir brillaient à nouveau et que ni serviette, ni shampoing, ni savon, ni papier toilette ne manquaient dans la salle de bain, Ludmilla Tchetchenko s'était détendue en approchant du lit. Il n'avait pas été défait. Quelques minutes de gagnées. Posés contre l'un des coussins à l'effigie de l'hôtel, on avait laissé une sacoche photo de marque Polaroïd. La femme de ménage l'avait de suite reconnue. C'était celle que Maxime lui avait demandé la veille de rapporter au bout de la rue à cette hôtesse accompagnée de ce si beau jeune homme. Elle s'était ensuite approchée du fauteuil, près de la fenêtre, sur lequel deux sacs étaient couchés. Du plus grand, Ludmilla avait sorti un pull si doux qu'elle l'avait passé sur son visage en plissant les yeux. En voulant vérifier de quelle laine il était tissé, elle avait remarqué le prix sur l'étiquette : trois cent soixante-dix-neuf francs ! Presque quarante chambres à nettoyer. Un vêtement qu'elle ne pourrait jamais se payer. Elle s'était contentée d'entrouvrir le plus petit sac pour constater qu'il contenait une pipe de grande valeur. De sa poche, elle avait sorti le formulaire des objets trouvés qu'elle avait consciencieusement rempli. Elle avait noué les deux sacs à la bandoulière de la sacoche photo avant de la poser sur le dessus de son chariot, bien en évidence. À la porte de la chambre 26, elle avait ramassé le sac-poubelle dans lequel elle avait glissé la veste en jean, la robe à fleurs et le chemisier blanc. Après s'être assurée que personne ne déambulait dans le couloir, elle s'était baissée pour le cacher sous la pile de serviettes propres, veillant à ce que l'éponge recouvre parfaitement son butin. Au fil des larcins, elle était devenue experte à déterminer ce que les clients réclameraient. Cette fois, elle ne le revendrait pas au marché aux puces de Montreuil pour arrondir ses fins de mois. La jeune hôtesse qui venait d'abandonner cette chambre avait les mêmes mensurations qu'elle. En lui tendant son appareil photo, elle l'avait remarqué. La très violent, et il n'y a désormais aucun espoir de re-trouver des survivants. Les spécialistes s'interrogent sur ce qui a pu se passer, puisqu'aucun appel de détresse n'a été lancé par les pilotes. Les premières hypothèses sur une éventuelle piste terroriste sont évoquées. Sur internet, une rumeur folle court se-lon laquelle un missile aurait pu être tiré sur l'avion. Monique Lord quitte LCN pour syntoniser TVA, où vient de débuter sa série préférée. Émile Dumais se lève, embrasse sa femme sur le front, et traverse le salon. Sur les meubles, aux murs, des photos de Liette bébé, enfant, adolescente, et puis plus rien. Dans la cuisine, le vieil homme sort un verre et le remplit de lait. Il le pose sur un cabaret, ainsi que deux Whippets. Lentement, il monte les marches qui mènent à l'étage. Il frappe à la porte et entre sans attendre. Liette est là, assise dans une chaise berçante, qui tel un métronome bat la mesure du temps. Elle porte ses cheveux gris et blond au carré, une coupe qu'elle a dû se faire elle-même. Ses yeux bleus sont vides de vie. Les joues creusées font res-sortir ses pommettes anguleuses, et sa peau blanche, les rides. Le père caresse de sa main l'épaule de sa fille. Elle sursaute.

— Bonne nuit, chaton.

Émile Dumais a perdu sa fille depuis le jour où elle a appelé en larmes pour qu'il vienne la chercher à Mirabel sur un vol d'une autre compagnie, comme simple passagère. Elle s'était excusée avant de s'enfermer dans un effrayant mutisme, dont elle n'était que brièvement sortie pour chuchoter à sa mère que ses règles étaient en retard depuis plus de trois mois. L'avortement en catastrophe s'était bien déroulé. Mais il n'avait rien changé. Liette restait des journées entières à regarder par la fenêtre, les yeux vides. Jamais elle n'a voulu dire à ses parents ce qui s'était passé. Jamais ils ne le lui ont demandé. Après quelques années, elle a rencontré un jeune homme, le fils des voisins. Réservé, poli et dévoué, il souhaitait fonder une famille. Liette s'était peu à peu laissée apprivoiser par sa douceur et sa discrétion. Émile et Monique avaient même repris espoir. Mais il avait été de courte durée. Comme il avait eu la politesse de demander aux parents l'autorisation de fréquenter leur fille, il s'était senti obligé de venir leur avouer pourquoi il ne la verrait plus.

— Comment vous dire, on fait pas des enfants en se donnant des becs. Pis d'ailleurs, elle veut jamais en donner, des becs. La seule fois que j'ai essayé, elle a tremblé et après elle a pleuré toute la nuit. C'est pas d'un mari qu'elle a besoin, mais d'un docteur.

Liette avait bien accepté de rencontrer quelques psychologues, mais refusait de revenir sur cette nuit à Paris, se contentant de répéter qu'elle n'avait pas suivi les conseils de son père et que c'était de sa faute. Les spécialistes avaient diagnostiqué un état de choc post-traumatique à la suite d'un drame qu'elle seule connaissait. Et puis un jour, elle avait hurlé pour ne pas monter dans la vielle Chevrolet Caprice. Elle ne voulait parler à personne. Depuis, elle vivait recluse avec ses parents, qui ne sortaient de la maison que pour s'approvisionner, la tête basse, fuyant les regards et les questions des voisins.

Dans sa chambre, Émile Dumais se déshabille et enfile son pyjama. Avant de se glisser sous les draps, il saisit sur la table de chevet le petit cadre dont le verre protège la photo Polaroïd qu'il avait prise à Mirabel le jour où il avait offert cet appareil à sa fille, qui le quittait pour la première fois. L'homme courbé pose ses lèvres tremblantes sur le visage souriant de son enfant. Il éteint la lumière et ferme les yeux pour ne plus rien voir.

Elle était si jolie.

Dans la vie, il n'y a pas de mauvais hasards, il n'y a que des mauvaises rencontres.

ÉPILOGUE

17 septembre 1992 – Région parisienne

Ludmilla Tchetchenko ne tiendrait jamais jusqu'à chez elle et il lui restait encore deux bons kilomètres pour rejoindre sa chambre dans ce quatre pièces sinistre partagé avec sept autres sans-papiers. Elle aurait dû passer aux toilettes avant de quitter la soirée. Mais la porte était verrouillée. Celui qui y vomissait n'avait jamais voulu lâcher le bol qu'il avait pourtant souillé. Les fêtes ukrainiennes se finissent toujours ainsi. Comme au pays, chaque verre de vodka est une escale vers un nouveau verre de vodka. Elle aurait dû attendre parce qu'elle aussi avait bien trop bu. Tous les cent mètres, sa vessie douloureuse l'obligeait à s'arrêter pour se plier avant de repartir en titubant. Elle avait bien pensé, en urgence, s'accroupir n'importe où ; dans la rue, sur le trottoir, entre deux voitures. Sa pudeur l'en avait empêchée, surtout que les lampadaires cognaient fort sur le bitume. Quand elle s'était arrêtée une nouvelle fois pour apaiser la douleur qui lui tenaillait le bas-ventre, en se relevant, consciente qu'elle ne tiendrait pas jusqu'à son appartement, elle avait aperçu un portail ouvert. Pire que d'uriner sur la voie publique, l'humiliation serait de se faire pipi dessus. Alors, la jeune femme s'était approchée du petit pavillon pour découvrir dans la pénombre un chantier au milieu duquel trônait un tas de sable. Dans l'allée, c'était noir, personne ne la verrait. Elle avait marché délicatement sur les graviers afin qu'ils ne bruissent pas. Après avoir posé son sac à main et s'être assurée qu'aucune lumière ne brillait derrière les volets fermés, elle avait relevé sa jupe à fleurs et baissé sa culotte. Elle n'avait pu retenir un long soupir de soulagement quand enfin elle avait pu se détendre. Ça semblait ne pas vouloir finir de s'écouler, jusqu'à lui décrocher un sourire qui s'était figé quand elle avait ressenti une chaleur humide sous la plante de ses pieds. Ça lui avait pris un moment pour comprendre que c'est sa propre urine qui s'insinuait dans la semelle de ses sandales. Elle avait poussé un cri de surprise en se reculant, dégoûtée. Le sol s'était dérobé sous elle quand son pied avait rencontré le vide. Dans la nuit, un bruit sourd avait résonné. Sa tête venait de heurter le rebord du trou dans lequel elle avait dévalé. Sans le moindre cri, Ludmilla Tchetchenko avait coulé dans la mélasse grise et visqueuse.

Quand Jean Moreau, vêtu d'un pyjama rayé bleu et blanc, avait pointé le faisceau de sa lampe torche dans le trou, il avait immédiatement remarqué les doigts aux ongles vernis de rouge qui émergeaient de la nappe de béton liquide. Au moment où les phalanges s'étaient repliées, il s'était gratté la tête, soucieux. L'ingénieur qualité qu'il était avait une profonde aversion pour les problèmes. Là, il avait un énorme problème. Non de comprendre comment cette jeune femme avait pu tomber dans les fondations de sa cave à vin, fraîchement coulée, mais de pouvoir l'expliquer si jamais il la sortait du trou. Elle pourrait le remercier de l'avoir sauvée, mais aussi lui reprocher de ne pas avoir sécurisé son chantier. Jusqu'à peut-être l'attaquer en justice pour négligence, et même prétendre à des dommages et intérêts. Une tragédie annoncée, puisque ses deux ouvriers embauchés pour les travaux n'étaient pas déclarés. Une hypothèse qu'il n'avait pas voulu envisager plus loin tant il ne pouvait en maîtriser le résultat final. Donc, à défaut de résoudre le problème, il allait s'en débarrasser. La jeune femme qui gisait à ses pieds, sans maintenant donner signe de vie, était venue seule, sinon quelqu'un se serait déjà manifesté pour la retrouver. Cela ne lui disait pas qui elle était. En balayant la scène de sa torche, il avait découvert le sac à main posé sur le gravier. Il ne recelait aucune pièce d'identité. Bizarre. Juste des produits de beauté, une pochette de mouchoirs en papier, et une boîte de tampons hygiéniques. Jean Moreau n'avait osé l'ouvrir, ridicule pudeur dans la circonstance. En la palpant, il avait senti une étrange rigidité. Pas normal. Il avait extirpé du contenant en carton une broche en forme d'avion. Elle l'avait un instant intrigué. Pourquoi la cacher dans une boîte de tampons ? Question intéressante. Mais ça n'était pas le moment d'y répondre. Il l'avait mordue pour s'assurer qu'elle était de métal. Considérant que tout ce qui ne brûlerait pas plus tard dans sa cheminée devait disparaître autrement, et à tout jamais, il l'avait jetée sous lui, dans le béton frais. De tête, il avait évalué le volume de ciment nécessaire pour relever de cinquante centimètres le niveau du sol dans la fosse. Tant pis s'il devrait se courber pour aller chercher du vin quand sa cave serait terminée. Il n'avait pas le choix, c'était l'unique solution. Il avait déchiré un sac de poudre de béton pour le vider dans la cuve de sa brouette. À la pelle, silencieusement, il y avait ajouté le même volume de sable avant d'y faire couler de l'eau et de tout mélanger à l'aide d'une truelle. Une fois sa mixture dévidée dans le trou, il avait lissé avec soin ses nouvelles fondations avant de les recouvrir d'une grande toile et de disposer tout autour divers objets pour que personne n'y chute. Il était allé ensuite ratisser le gravier pour que nulle trace de pas ne s'y trouve. Demain, c'était samedi, ses deux ouvriers ne viendraient pas. Il en profiterait pour les appeler et les remercier de leurs services afin que jamais ils ne puissent s'apercevoir que le niveau du sol de la cave avait monté.

Jean Moreau avait regagné son pavillon d'un pas léger, soulagé de s'être si bien débarrassé de son problème. Parfois, de mauvaises choses nous arrivent sans que l'on comprenne pourquoi. C'est dans ces moments qu'il faut rester calme, sinon l'émotion ou la peur nous submerge. Et là, on ne vit plus. Au mieux, on survit, traînant notre passé comme un boulet.

FIN

REMERCIEMENTS

Ma gratitude éternelle à Aline Apostolska, Claudia Larochelle et Martin Michaud, partenaires de cette épopée littéraire. Félicitations à Martin Balthazar d'avoir eu cette idée folle. Merci à Martin Bélanger pour la remise en ordre de quelques idées. Merci à Raymond Bock pour sa vigilante participation. Mon admiration à Annie Goulet pour avoir su prendre le train en marche. Ma reconnaissante tendresse à Myriam Comtois pour son dévouement dans la bonne humeur. Salutations à Stéphane Berthomet, notre premier capitaine, le seul capable de draguer un auteur à coups de grands crus bouchonnés. Des becs à Patrick Leimgruber et à Véronique Harvey, mes argents littéraires et amis. Et mon respect à ceux qui me lisent durant la phase d'écriture en pensant que je leur fais honneur. Détrompez-vous, ce sont vos mots qui m'honorent et m'encouragent.

Cet ouvrage composé en Electra corps 12 a été achevé d'imprimer au Québec
sur les presses de Marquis Imprimeur le vingt-six août deux mille quatorze
pour le compte de VLB éditeur.